Los tres crímenes de Arsène Lupin

Biblioteca de Autor

Biografía

Maurice Leblanc (11 de diciembre de 1864-6 de noviembre de 1941) fue un escritor francés, autor de varias novelas policiacas y de aventuras. Por encargo de Pierre Laffite, director de la revista *Je Sais Tout*, en 1904 publicó «La detención de Arsène Lupin»: las primeras aventuras del caballero ladrón. Esta publicación tuvo tanto éxito que le seguiría una serie de casi veinte libros. Lupin se ha convertido en un personaje clásico de la literatura universal, cuya fama solo puede ser comparada con la de Sherlock Holmes.

Maurice Leblanc
Los tres crímenes de Arsène Lupin

Traducción de Mauricio Chaves Mesén

 Planeta

Título original: *Le Trois Crimes d'Arsène Lupin*

Maurice Leblanc

Traducción: Mauricio Chaves Mesén

Derechos reservados

© 2023, Editorial Planeta Mexicana, S.A. de C.V.
Bajo el sello editorial BOOKET M.R.
Avenida Presidente Masarik núm. 111,
Piso 2, Polanco V Sección, Miguel Hidalgo
C.P. 11560, Ciudad de México
www.planetadelibros.com.mx

Diseño de colección: Bruno Valasse
Adaptación de portada: Planeta Arte y Diseño / Bruno Valasse
Ilustración de portada: Bruno Valasse

Primera edición en formato epub: enero de 2023
ISBN: 978-607-07-9542-8

Primera edición impresa en México en Booket: enero de 2023
ISBN: 978-607-07-9319-6

Impreso en los talleres de Impresora Tauro, S.A. de C.V.
Av. Año de Juárez 343, Colonia Granjas San Antonio, Iztapalapa
C.P. 09070, Ciudad de México.
Impreso y hecho en México –*Printed and made in Mexico*

I

PALACIO DE LA SANTÉ

UNO

El mundo entero estallaba de risa. Sin duda, la captura de Arsène Lupin provocaba gran sensación, y el público no escatimaba a la policía los elogios que esta merecía por esa venganza esperada por tanto tiempo y tan plenamente obtenida. El gran aventurero estaba preso. El extraordinario, genial e invisible héroe languidecía, como los otros, entre las cuatro paredes de una celda, rendido ante esa potencia formidable que se llama Justicia y que inevitablemente, tarde o temprano, derriba los obstáculos que se le interponen y destruye la obra de sus adversarios.

Todo eso fue dicho, impreso, repetido, comentado y recalcado hasta la saciedad. El prefecto de policía recibió la Cruz de Comendador y Weber, la Cruz de Oficial. Se exaltó la habilidad y el valor de los más modestos colaboradores. Se aplaudió, se cantó victoria, se escribieron artículos y se pronunciaron discursos.

¡Genial! Pero algo dominó ese maravilloso concierto de elogios, esa ruidosa alegría: una risa loca, enorme, espontánea, inextinguible y tumultuosa.

¡Desde hacía cuatro años, Arsène Lupin era el jefe de la *Sûreté*!

¡Lo era desde hacía cuatro años! Realmente lo era, con toda legalidad, con todos los derechos que ese título confería, con la estima de sus jefes, el favor del gobierno y la admiración del mundo entero.

Desde hacía cuatro años, a Arsène Lupin se le había confiado la tranquilidad de los habitantes y la defensa de la propiedad. Él velaba por el cumplimiento de la ley. Él protegía al inocente y perseguía al culpable.

¡Y qué servicios había prestado! ¡Jamás el orden se había visto menos perturbado, jamás el crimen se había descubierto con mayor certeza y rapidez! Recuérdese el asunto Denizou, el robo del banco Crédit Lyonnais, el ataque al rápido de Orleáns, el asesinato del barón Dorf... tantos triunfos imprevistos y a la velocidad del rayo, tantas magníficas proezas que podrían compararse con las victorias más célebres de los más ilustres policías.[1]

Ya en alguna ocasión, durante el incendio del Louvre y la captura de los culpables, para defender la forma un poco arbitraria en que M. Lenormand había procedido, el presidente del Consejo, Valenglay, exclamó en su discurso:

—Por su perspicacia, su energía, por su manera de decidir y ejecutar, por sus procedimientos inesperados y recursos inagotables, M. Lenormand nos recuerda al único hombre que hubiera podido hacerle frente a Arsène Lupin, si este aún viviera. M. Lenormand es un Arsène Lupin al servicio de la sociedad.

¡Y he aquí que Lenormand no era otro que Arsène Lupin!

¡Que fuera un príncipe ruso importaba poco! Lupin estaba acostumbrado a esas metamorfosis. Pero ¡jefe de la *Sûreté*! ¡Qué encantadora ironía! ¡Cuánta creatividad en el comportamiento de esta vida extraordinaria!

---

[1] El asesinato del barón Dorf, ese caso tan misterioso y perturbador, será un día el tema de una historia en la que podremos ver las sorprendentes cualidades de Arsène Lupin como detective.

¡M. Lenormand! ¡Arsène Lupin!

Se explicaban ahora las proezas, milagrosas en apariencia, que aun recientemente habían confundido a las multitudes y desconcertado a la policía. Se comprendía la fuga de su cómplice en pleno Palacio de Justicia, en pleno día, en la fecha fijada. Él mismo lo había dicho: «Cuando se conozca la simplicidad de los medios que he empleado para este escape, quedarán estupefactos. "¿Eso era todo?", dirán. Sí, eso era todo, pero había que pensarlo».

En efecto, era de una simplicidad infantil: bastaba con ser jefe de la *Sûreté*.[2]

Ahora bien, puesto que era el jefe de la *Sûreté*, al obedecer sus órdenes todos los agentes se convertían en cómplices involuntarios e inconscientes de Lupin.

¡Qué gran comedia! ¡Qué engaño tan admirable! ¡Una farsa monumental y vigorizante en esta época de apatía! Aunque estaba preso, irremediablemente vencido, Lupin era, a pesar de todo, el gran vencedor. Desde su celda brillaba sobre París: más que nunca era el ídolo, ¡el amo y señor!

Al despertarse al día siguiente en su «departamento del Palacio de la *Santé*», como él lo nombró enseguida, Arsène Lupin tuvo la certeza del formidable escándalo que produciría su arresto bajo el doble nombre de Sernine y de Lenormand, y bajo el doble título de príncipe y de jefe de la *Sûreté*.

Se frotó las manos y dijo:

—Nada mejor que la aprobación de sus contemporáneos para acompañar al hombre solitario. ¡Oh, gloria, el sol de los vivos!

[2] La *Sûreté National*, o *Sûreté*, era el cuerpo de detectives de la prefectura de policía de París [N. del T.].

Iluminada, su celda le agradó aún más. La ventana, situada en alto, dejaba entrever las ramas de un árbol, a través de las cuales se veía el azul del cielo. Las paredes eran blancas. No había más que una mesa y una silla sujetas al suelo. Pero todo aquello estaba limpio y era agradable.

—Vamos —se dijo—. Una pequeña cura de reposo aquí no carecerá de encanto. Pero procedamos al aseo. ¿Tengo lo que necesito? No. En ese caso, habrá que llamar a los sirvientes.

Junto a la puerta, presionó un mecanismo que encendió un foco en el pasillo.

Al cabo de un instante se abrieron los cerrojos y las barras de hierro en el exterior, la cerradura se movió y apareció un guardia.

—Agua caliente, amigo —le dijo Lupin.

El otro lo miró desconcertado y furioso a la vez.

—¡Ah! —exclamó Lupin—. Y una toalla. ¡Diablos, no hay toallas!

El hombre protestó:

—Te burlas de mí, ¿no es así? Eso no se hace.

En el momento en que se iba a retirar, Lupin lo sujetó del brazo con fuerza:

—Cien francos si llevas una carta al correo.

Sacó de su bolsillo un billete de cien francos que había logrado conservar durante el cateo y se lo ofreció.

—La carta —dijo el guardia, tomando el billete.

—¡De inmediato!, dame tiempo de escribirla.

Se sentó a la mesa, garabateó unas palabras a lápiz sobre una hoja que metió a un sobre y escribió:

Señor S. B. 42
Lista de correos, París

El guardia tomó la carta y se fue.

«He ahí una misiva que llegará a su destino con tanta seguridad como si la llevara yo mismo», se dijo Lupin. «En una hora, máximo, tendré la respuesta. Justo el tiempo para entregarme al análisis de mi situación».

Se sentó sobre la silla y a media voz resumió:

«En suma, en este momento tengo que combatir a dos adversarios: uno, la sociedad, que me tiene preso y de la cual me burlo; dos, un personaje desconocido que no me tiene en su poder, pero del cual no me burlo en modo alguno. Fue él quien informó a la policía que yo era Sernine. Fue él quien también adivinó que yo era Lenormand. Fue él quien cerró la puerta del subterráneo y quien consiguió que me metieran en prisión».

Arsène Lupin reflexionó un segundo, luego continuó:

«Entonces, a fin de cuentas, la lucha es entre él y yo, y para ganar, es decir, para descubrir y llevar a cabo el asunto Kesselbach, yo estoy preso, mientras él está libre, de incógnito, inaccesible y dispone de dos ventajas que yo creía tener: Pierre Leduc y el viejo Steinweg. En suma, él está por llegar a la meta, después de haberme alejado definitivamente de ella».

Nueva pausa meditativa y luego nuevo monólogo:

«La situación no es óptima. Por un lado, todo; por el otro, nada. Tengo frente a mí a un hombre a mi altura, incluso más aventajado, puesto que él no tiene los escrúpulos que a mí me limitan. Y no tengo armas para atacarlo».

Repitió varias veces estas últimas palabras con voz mecánica; luego calló, se llevó las manos a la frente y permaneció pensativo largo tiempo.

—Entre, señor director —dijo al ver que la puerta se abría.

—¿Me esperaba?

—¿Acaso no le escribí, señor director, rogándole que viniera? No dudé ni un segundo de que el guardia le llevaría mi carta. Estaba tan seguro, que escribí en el sobre sus iniciales, *S. B.*, y su edad: cuarenta y dos.

El director se llamaba, en efecto, Stanislas Borély, y tenía cuarenta y dos años de edad. Era un hombre de rostro agradable, de carácter tranquilo y que trataba a los detenidos con toda la indulgencia posible.

—No se equivocó en cuanto a la probidad de mi subordinado —le dijo a Lupin—. Aquí está su dinero, se lo entregaremos cuando lo pongamos en libertad. Ahora, pasará de nuevo al cuarto de cateo.

Lupin siguió a M. Borély a la pequeña estancia reservada para este uso, se desvistió y mientras revisaban su ropa con justificada desconfianza, él mismo tuvo que someterse a un examen meticuloso. Luego regresó a su celda.

—Ya estoy más tranquilo. Ya terminamos —observó Borély.

—Bien hecho, señor director. Su gente lleva a cabo sus funciones con tanta delicadeza que deseo agradecerles con este testimonio mi satisfacción.

Le extendió un billete de cien francos a M. Borély, quien se sobresaltó.

—¡Ah!, pero, ¿de dónde salió eso?

—Es inútil que se quiebre la cabeza, señor director. Un hombre como yo, que lleva la vida que llevo, siempre está preparado para hacer frente a imprevistos y ninguna desventura, por penosa que sea, lo toma desprevenido, ni siquiera el encarcelamiento.

Entre el pulgar y el índice de la mano derecha tomó el dedo medio de su mano izquierda, lo arrancó con un golpe seco y se lo enseñó tranquilamente a M. Borély.

—No se alarme, señor director. Este no es mi dedo, sino un simple tubo de tripa de animal, pintado con destreza, que se ajusta a la perfección a mi dedo medio, de tal manera que da la ilusión de un dedo real.

Y agregó, riendo:

—Por supuesto, con el fin de disimular un tercer billete de cien francos. ¿Qué quiere usted? Cada quien tiene sus recursos y es preciso aprovecharlos.

Calló ante la expresión asustada de M. Borély.

—Se lo ruego, señor director, no crea que quiero deslumbrarlo con mis pequeños talentos de sociedad. Mi única intención es mostrarle que está tratando con un cliente de naturaleza un poco... especial, y decirle que no deberá sorprenderse si resulto culpable de ciertas infracciones a las reglas básicas de su establecimiento.

El director se había repuesto y declaró con firmeza:

—Quiero creer que usted obedecerá esas reglas y que no me obligará a tomar medidas más severas.

—Algo que lo apenaría, ¿no es así, señor director? Eso es precisamente lo que quiero evitar al advertirle que no me impedirán obrar a mi antojo, comunicarme con mis amigos ni defender en el exterior los asuntos de importancia que se me han confiado. Tampoco podrán evitar que escriba en los periódicos según me plazca, que prosiga con mis proyectos ni, a fin de cuentas, que prepare mi fuga.

—¡Su fuga!

Lupin se echó a reír de buena gana.

—Reflexione, señor director... Mi única excusa para estar en la cárcel es salir de ella.

El argumento no pareció bastarle a M. Borély y se esforzó por reír a su vez.

—Hombre prevenido vale por dos.

—Así quise que fuera. Tome todas sus precauciones, señor director; no descuide ningún detalle para que más tarde no haya nada que reprocharle. Por otra parte, me aseguraré de que, cualesquiera que sean las molestias que tenga que soportar como resultado de ese escape, al menos su carrera no sufra. Eso era lo que quería decirle, señor director. Puede retirarse.

Conforme M. Borély se alejaba, profundamente desconcertado por aquel singular huésped y muy inquieto por los acontecimientos por venir, el detenido se arrojó sobre su lecho, murmurando:

—¡Bien, mi viejo Lupin, qué descarado! ¡Cualquiera diría que ya sabes cómo saldrás de aquí!

II

La disposición arquitectónica de la prisión de la *Santé* era radial: en el centro de la parte principal había un punto concéntrico donde convergían todos los pasillos, de tal manera que un detenido no podía salir de su celda sin ser visto enseguida por los guardias apostados en la cabina acristalada que ocupaba el núcleo de ese punto central.

Lo que sorprende al visitante que recorre la prisión es encontrar a cada instante detenidos sin escolta, que parecen circular como si estuvieran libres. En realidad, para ir de un punto a otro, por ejemplo, de su celda al coche penitenciario que los espera en el patio para llevarlos al Palacio de Justicia, es decir, ante el juez de instrucción, atraviesan líneas rectas en las que cada una termina en una puerta que les abre un guardia que está encargado únicamente de abrir esa puerta y de vigilar las dos líneas rectas que le corresponden.

De este modo, los prisioneros, libres en apariencia, transitan de una puerta a otra, de mirada en mirada, como paquetes que pasan de mano en mano.

Afuera, los guardias municipales reciben al *sujeto* y lo integran a una de las secciones de la *ensaladera*.

Esa es la costumbre.

Con Lupin, nada de esto se tuvo en cuenta.

Se desconfió de ese paseo a lo largo de los pasillos. Se desconfió del coche celda. Se desconfió de todo.

M. Weber, en persona, acompañado de doce agentes —sus mejores hombres, armados hasta los dientes—, recogió al temible prisionero en el umbral de su habitación y lo condujo en un coche de caballos cuyo cochero era uno de sus hombres. A derecha e izquierda, delante y detrás, galopaban a trote los municipales.

—¡Bravo! —exclamó Lupin—. Muestran el respeto que me corresponde. Una guardia de honor. ¡Diablos!, Weber, comprendes las jerarquías. No olvidas lo que le debes a tu jefe inmediato. —Le dio una palmada en el hombro y agregó—: Weber, tengo la intención de presentar mi renuncia. Te nombraré como mi sucesor.

—Eso ya está casi hecho —dijo Weber.

—¡Qué buena noticia! Me preocupaba mi fuga. Ahora ya estoy tranquilo. Desde el instante en que Weber sea jefe de los servicios de la *Sûreté*...

M. Weber no respondió a la provocación. En el fondo experimentaba una sensación extraña y compleja frente a su adversario, un sentimiento constituido por el temor que le inspiraba Lupin, la deferencia que tenía por el príncipe Sernine y la respetuosa admiración que siempre le había mostrado a Lenormand. Todo esto mezclado de rencor, envidia y odio satisfecho.

Llegaban al Palacio de Justicia. En la planta baja de la *Ratonera* esperaban unos agentes de la *Sûreté*, entre los cuales Weber se alegró al ver a sus dos mejores lugartenientes, los hermanos Doudeville.

—¿M. Formerie está aquí? —preguntó.

—Sí, jefe, el juez de instrucción está en su despacho.

M. Weber subió la escalera, seguido de Lupin, flanqueado por los hermanos Doudeville.

—¿Geneviève? —murmuró el prisionero.

—A salvo.

—¿Dónde está?

—En casa de su abuela.

—¿Mme. Kesselbach?

—En París, hotel Bristol.

—¿Suzanne?

—Desapareció.

—¿Steinweg?

—No sabemos nada.

—¿La Villa Dupont está vigilada?

—Sí.

—¿Las noticias de la prensa de esta mañana son buenas?

—Excelentes.

—Bien. Para escribirme, estas son mis instrucciones.

Llegaron al pasillo interior del primer piso. Lupin deslizó en la mano de uno de los hermanos una bolita de papel.

Cuando Lupin entró en el despacho en compañía del subjefe, M. Formerie exclamó encantado:

—¡Ah!, ¡usted aquí! No dudaba que un día u otro le echaríamos mano.

—Yo tampoco lo dudaba, señor juez de instrucción —dijo Lupin—. Y me alegro de que sea a usted a quien el destino haya designado para hacer justicia al hombre honesto que soy.

«Se está burlando de mí», pensó M. Formerie. Y con el mismo tono irónico y serio respondió:

—El hombre honesto que es usted, señor, por el momento deberá dar explicaciones sobre trescientas cuarenta y cuatro acusaciones de robo, hurto, fraude, falsificación, chantaje, encubrimiento, etcétera. ¡Trescientas cuarenta y cuatro!

—¡Cómo! ¿No más? —exclamó Lupin—. Me siento verdaderamente avergonzado.

—El hombre honesto que es usted hoy deberá dar explicaciones sobre el asesinato del señor Altenheim.

—Vaya, eso es nuevo. ¿La idea es suya, señor juez de instrucción?

—En efecto.

—¡Qué hábil! En verdad progresa usted, señor Formerie.

—La posición en la cual lo detuvieron no deja ninguna duda.

—Ninguna, solo que me permitiría preguntarle esto: ¿de qué herida murió Altenheim?

—De una herida en la garganta hecha con un cuchillo.

—¿Y dónde está ese cuchillo?

—No lo hemos encontrado.

—Si yo soy el asesino, ¿por qué no lo encontraron, dado que me sorprendieron justo al lado del hombre a quien yo supuestamente maté?

—Y, según usted, ¿el asesino es...?

—No es otro que el que degolló a M. Kesselbach, a Chapman, etcétera. La naturaleza de la herida es prueba suficiente.

—¿Por dónde se habría escapado?

—Por una escotilla que usted descubrirá en el mismo salón donde tuvo lugar la tragedia.

M. Formerie quedaba en ridículo.

—¿Y a qué se debe que usted no siguiera tan beneficioso ejemplo?

—Intenté seguirlo. Pero la salida estaba cerrada por una puerta que no pude abrir. Fue durante ese intento que el *otro* regresó al salón y mató a su cómplice, por temor a las revelaciones que sin duda haría. Y, al mismo tiempo, escondió en el fondo del armario el paquete de ropa que yo había preparado y que ustedes encontraron.

—¿Para qué era esa ropa?

—Para disfrazarme. Al regresar a la Villa de las Glicinias, mi plan era el siguiente: entregar a Altenheim a la justicia, desaparecer como el príncipe Sernine y reaparecer bajo los rasgos...

—¿De M. Lenormand, acaso?

—Exactamente.

—No.

—¿Cómo?

M. Formerie sonrió con aire burlón y movió su índice de derecha a izquierda y de izquierda a derecha.

—No —repitió.

—¿Por qué no?

—La historia de M. Lenormand...

—Está bien para el público, amigo mío. Pero usted no le hará tragar a M. Formerie que Lupin y Lenormand eran el mismo.

Lanzó una carcajada.

—¡Lupin, jefe de la *Sûreté*! ¡No! Todo lo que usted quiera, pero eso no. Hay límites. Soy buena persona, pero no abuse. Veamos, aquí entre nosotros, ¿cuál es la razón de esta nueva torpeza? Confieso que no la comprendo.

Lupin lo miró con desconcierto. A pesar de todo cuanto sabía sobre M. Formerie, no imaginaba un grado tal de fatuidad y ceguera. No había nadie que, a estas alturas, dudara de la doble personalidad del príncipe Sernine, solo M. Formerie.

Lupin se volteó hacia el subjefe, que escuchaba con la boca abierta.

—Jefe Weber, me parece que su ascenso está en peligro. Si yo no soy M. Lenormand, entonces quiere decir que él existe... Y si existe, no dudo que M. Formerie, con toda su perspicacia, terminará por encontrarlo y, en ese caso...

—Lo encontraremos, señor Lupin —exclamó el juez de instrucción—. Yo me encargo y confieso que la confrontación entre usted y él no será banal.

Moría de risa, tamborileando sobre la mesa.

—¡Qué divertido! ¡Ah! Uno no se aburre con usted. ¡Así pues, usted sería M. Lenormand y habría mandado arrestar a su cómplice, Marco!

—Perfectamente. ¿No era preciso complacer al presidente del Consejo y salvar el Gabinete? El hecho es histórico.

M. Formerie se apretaba las costillas de la risa.

—¡Ah, esto es comiquísimo! ¡Dios, qué gracioso! La respuesta dará la vuelta al mundo. Entonces, según su teoría, fue con usted con quien hice la investigación inicial en el hotel Palace, después del asesinato de M. Kesselbach.

—Y fue conmigo con quien siguió el caso de la diadema, cuando yo era el duque de Charmerace[3] —respondió Lupin con voz sarcástica.

M. Formerie dio un salto, toda su alegría se evaporó con ese odioso recuerdo. Se puso serio de pronto y agregó:

—¿Entonces, insiste en ese absurdo?

—No tengo otra opción porque esa es la verdad. Si toma el transatlántico hacia la Cochinchina, le será fácil encontrar en Saigón las pruebas de la muerte del verdadero M. Lenormand, el valiente hombre a quien sustituí y del cual le proporcionaré el acta de defunción.

—¡Bromeas!

—Tiene mi palabra, señor juez de instrucción; debo confesar que esto me da igual. Si le incomoda que yo sea M. Lenormand, no hablemos más del tema. Si le agrada que yo haya matado a Altenheim, lo dejo a su gusto. Se entretendrá en proporcionar pruebas. Le repito, nada de esto me importa. Considero todas sus preguntas y todas mis respuestas como nulas y sin efecto. Su instrucción del caso no cuenta, por la sencilla razón de que yo me habré ido al diablo cuando esta acabe. Pero...

---

[3] *Arsène Lupin.* Obra de teatro en cuatro actos.

Sin vergüenza, tomó una silla y se sentó frente a M. Formerie del otro lado del escritorio y continuó con tono seco:

—Hay un pero, y helo aquí: comprenderá, señor, que, a
pesar de las apariencias y de sus objetivos, no tengo intención
de perder mi tiempo. Usted tiene sus asuntos, yo tengo los
míos. A usted le pagan por hacer lo suyo, yo hago lo mío y me
remunero por eso. Ahora bien, el asunto del que me ocupo
actualmente es de aquellos que no permiten ni un minuto de
distracción, ni un solo segundo de espera en la preparación y
en la ejecución de los actos que se deben llevar a cabo. Por lo
tanto, yo me encargo y, como usted me obliga de manera tem-
poral a hacerme el tonto entre las cuatro paredes de una celda,
es a usted, señor, y a Weber, a quienes pongo a cargo de mis
intereses. ¿Comprendido?

Estaba ahora de pie, en actitud insolente y el rostro desdeñoso, y era tal el poder de dominio de este hombre, que ninguno de sus dos interlocutores osó interrumpirlo. M. Formerie
optó por reír, como un observador que se divierte.

—¡Es gracioso! ¡Es cómico!

—Cómico o no, señor, así será. Le permito que se distraiga
con mi juicio, saber si soy o no el asesino; la investigación de
mis antecedentes, de mis delitos o andanzas pasadas, y otras
tantas tonterías, siempre que no pierda de vista ni por un instante el objetivo de su misión.

—¿Cuál es? —preguntó M. Formerie, siempre burlón.

—Sustituirme en mis investigaciones relativas al proyecto
de M. Kesselbach y, en particular, encontrar al señor Steinweg,
ciudadano alemán, que fue raptado y secuestrado por el difun-
to barón Altenheim.

—¿Qué historia es esa?

—Esta historia la guardaba para mí cuando era, o más
bien, cuando creía ser M. Lenormand. Una parte se realizó en
mi despacho, cerca de aquí, y Weber no la ignora por comple-

to. En dos palabras, el viejo Steinweg conoce la verdad sobre ese misterioso proyecto que M. Kesselbach traía entre manos, y Altenheim, que también andaba sobre la pista, hizo desaparecer al señor Steinweg.

—No se hace desaparecer a la gente de esa manera. Está en alguna parte ese Steinweg.

—Seguramente.

—¿Y usted sabe dónde?

—Sí.

—Siento curiosidad.

—En el número 29, Villa Dupont.

M. Weber se encogió de hombros.

—¿En casa de Altenheim? ¿En la mansión que habitaba?

—Sí.

—¡He ahí la credibilidad que puede concederse a todas esas tonterías! En el bolsillo del barón encontré su dirección. ¡Una hora después, mis hombres habían ocupado la casa!

Lupin lanzó un suspiro de alivio.

—¡Ah, buenas noticias! Temía la intervención del cómplice que no pude apresar, que secuestraran a Steinweg por segunda vez. ¿Los criados?

—Ya se habían ido.

—Sí, los habrá prevenido el otro por teléfono. Pero Steinweg está allí.

M. Weber se impacientó:

—Pero allí no hay nadie, puesto que, le repito, mis hombres no han salido de la mansión.

—Señor subjefe de la *Sûreté*, cuenta con mi procuración para investigar en la mansión de Villa Dupont... Mañana me dará cuenta del resultado de su investigación.

M. Weber se encogió nuevamente de hombros y, sin considerar la impertinencia de Lupin, dijo:

—Tengo cosas más urgentes.

—Señor subjefe de la *Sûreté*, nada hay más urgente. Si se demora, todos mis planes se vendrán abajo. El viejo Steinweg ya no hablará jamás.

—¿Por qué?

—Porque habrá muerto de hambre, si de aquí a un día, dos días a lo sumo, no le lleva usted de comer.

III

—Muy grave... Muy grave... —murmuró M. Formerie después de un minuto de reflexión—. Por desgracia... —Sonrió y añadió—: Por desgracia, su declaración tiene un gran defecto.

—¡Ah! ¿Cuál?

—Que todo eso, señor Lupin, no es más que un enorme engaño. ¿Qué quiere usted? Comienzo a conocer sus trucos, y cuanto más oscuros me parecen, más desconfío.

—Idiota —masculló Lupin.

M. Formerie se levantó.

—Eso es todo. Como ve, esto no era más que un interrogatorio de pura formalidad, poner en presencia a dos duelistas. Ahora que las espadas se cruzaron, no falta más que el testigo obligatorio de ese enfrentamiento de armas: su abogado.

—¡Bah! ¿Es indispensable?

—Indispensable.

—¿Hacer trabajar a uno de los abogados colegiados con vistas a unos debates tan... problemáticos?

—Es preciso.

—En ese caso, escojo al abogado Quimbel.

—El presidente del Colegio de Abogados. Lo felicito, estará bien defendido.

Esta primera sesión había terminado. Mientras bajaba la escalera de la *Ratonera*, entre los dos Doudeville, el detenido dijo en pequeñas frases imperativas:

—Que cuatro hombres vigilen la casa de Geneviève permanentemente, y también a Mme. Kesselbach. Corren peligro. Van a registrar la Villa Dupont, hay que estar allí. Si descubren a Steinweg, hay que asegurarse de que se calle. Si es necesario, hagan que pierda el conocimiento.

—¿Cuándo quedará libre, patrón?

—No puedo hacer nada por ahora. Además, no hay prisa, voy a descansar.

Abajo, se acercó a los guardias municipales que rodeaban el coche.

—¡A casa, muchachos! —exclamó—, y rápido. Tengo cita conmigo mismo a las dos en punto.

El trayecto se efectuó sin incidentes.

De vuelta en su celda, Lupin escribió una larga carta con instrucciones detalladas para los hermanos Doudeville, y otras dos más. Una era para Geneviève:

Geneviève:

Ahora ya sabe quién soy y comprenderá por qué le he ocultado el nombre de aquel que, dos veces, la llevó en sus brazos cuando era pequeña.

Geneviève, yo era el amigo de su madre, un amigo lejano cuya doble existencia ella ignoraba, pero con el que ella creía que podía contar. Por esa razón, antes de morir me escribió unas líneas y me suplicó velar por usted.

Por indigno que yo sea de su estima, Geneviève, permaneceré fiel a esa promesa. No me aleje por completo de su corazón.

Arsène Lupin

La otra carta estaba dirigida a Dolores Kesselbach:

Solo el interés propio condujo al príncipe Sernine a Mme. Kesselbach, pero una inmensa necesidad de dedicarse a ella lo retuvo.

Hoy que el príncipe Sernine ya no es más que Arsène Lupin, este pide a Mme. Kesselbach que no le niegue el derecho a protegerla desde lejos, como se protege a alguien a quien nunca más se volverá a ver.

Había sobres en la mesa. Tomó uno de ellos, luego dos, pero, cuando tomaba el tercero, observó una hoja de papel cuya presencia lo sorprendió y sobre la cual había pegadas palabras que habían sido recortadas de un periódico. Las descifró:

La lucha contra Altenheim no te dio resultado. Renuncia a ocuparte del asunto, y yo no me opondré a tu escape.

L. M.

Una vez más, Lupin experimentó el sentimiento de repulsión y de terror que le inspiraba aquel ser innombrable y fabuloso, la sensación de asco que se siente al tocar una bestia venenosa, un reptil.

—¡Otra vez él! ¡Incluso aquí!

Eso era también lo que lo atemorizaba: la visión súbita que tenía, por instantes, de aquel poder enemigo, un poder tan grande como el suyo y que disponía de medios formidables, de los que él mismo no se daba cuenta.

De inmediato sospechó de su guardia. Pero, ¿cómo había podido corromper a ese hombre de rostro duro y expresión severa?

—¡Y bien!, ¡tanto mejor, después de todo! —exclamó—. Solo he tenido relación con tontos. Para combatirme a mí mismo tuve que convertirme en jefe de la *Sûreté*. ¡Solo esto me faltaba! He aquí un hombre que me tiene a su merced, podría decirse que juega conmigo. Si desde el fondo de mi prisión logro evitar sus golpes y destruirlo; si logro ver al viejo Steinweg y arrancarle su confesión; llevar el caso Kesselbach a buen término y concluirlo; defender a Mme. Kesselbach y conquistar la felicidad y la fortuna de Geneviève, entonces será verdad que Lupin nunca dejará de ser Lupin... pero para eso, comencemos por dormir.

Se tendió sobre la cama, murmurando:

—Steinweg, no mueras hasta mañana por la noche, y te juro...

Durmió el resto del día, toda la noche y toda la mañana. A eso de las once vinieron a anunciarle que el abogado Quimbel lo esperaba en el locutorio de los abogados, a lo cual respondió:

—Dígale al abogado Quimbel que si necesita información sobre mis actos y movimientos, no tiene más que consultar los diarios de diez años para acá. Mi pasado pertenece a la historia.

A mediodía, mismo ceremonial y mismas precauciones que la víspera para conducirlo al Palacio de Justicia. Volvió a ver al mayor de los Doudeville, con quien intercambió algunas palabras, y le entregó las tres cartas que había preparado; después lo llevaron con M. Formerie.

El abogado Quimbel estaba allí y llevaba un portafolios lleno de documentos.

Lupin se disculpó enseguida.

—Siento mucho, mi querido señor, no haber podido recibirlo, y también siento mucho las dificultades que ha tenido la bondad de aceptar, pena inútil, por cuanto...

—Sí, sí, ya sabemos que usted estará de viaje —interrumpió M. Formerie—. Está acordado. Pero hasta ese momento, hagamos nuestra tarea. Arsène Lupin, a pesar de todas nuestras investigaciones, no tenemos ningún dato preciso sobre su verdadero nombre.

—¡Qué raro!, yo tampoco.

—Ni siquiera podríamos afirmar que usted sea el mismo Arsène Lupin que estuvo detenido en la *Santé* en 19... y que se escapó una primera vez.

—Una «primera vez» es una frase muy exacta.

—En efecto —continuó M. Formerie—, el expediente de Arsène Lupin que se encontró en el servicio antropométrico da una descripción de Arsène Lupin que difiere en todos sentidos de su descripción actual.

—Cada vez más raro.

—Indicaciones diferentes, medidas diferentes, huellas diferentes... Incluso las dos fotografías no tienen ninguna relación. Por lo tanto, le pido que tenga la amabilidad de darnos su identidad exacta.

—Eso es precisamente lo que yo quería pedirle. He vivido bajo tantos nombres distintos, que he acabado por olvidar el mío. Ya no me reconozco.

—Entonces, ¿se niega a responder?

—Sí.

—Y, ¿por qué?

—Porque sí.

—¿Es una decisión firme?

—Sí. Ya se lo he dicho, su investigación no cuenta. Ayer le encomendé la misión de hacer una investigación que me interesa. Espero el resultado.

—¡Y yo! —exclamó M. Formerie—, le dije ayer que no creía una sola palabra de su historia de Steinweg y que no me ocuparía de ello.

—Entonces, ¿por qué ayer, después de nuestra entrevista, acudió usted a la Villa Dupont en compañía de M. Weber y registró minuciosamente el número 29?

—¿Cómo lo sabe? —preguntó el juez de instrucción, muy ofendido.

—Por los periódicos.

—¡Ah, lee los periódicos!

—Hay que mantenerse al corriente.

—En efecto, y por un asunto de conciencia visité esa mansión rápidamente y sin darle la menor importancia.

—Por el contrario, usted le da tanta importancia y cumple la misión que le encargué con un papel tan digno de elogio, que a estas horas el subjefe de la *Sûreté* está buscando allí.

M. Formerie estaba impresionado y balbució:

—¡Mentiras! Weber y yo tenemos otros *asuntos más importantes que atender.*

En ese momento, un ujier entró y dijo unas palabras al oído de M. Formerie.

—Que entre —exclamó él—. Que entre. Y bien, señor Weber, ¿qué hay de nuevo? ¿Encontró al hombre? —se precipitó a preguntar.

Ni siquiera se tomó la molestia de disimular, tanta era su prisa por saber. El subjefe de la *Sûreté* respondió:

—Nada.

—¡Ah! ¿Está seguro?

—Afirmo que no hay nadie en esa casa, ni vivo ni muerto.

—Sin embargo...

—Es así, señor juez de instrucción.

Ambos parecían decepcionados, como si la convicción de Lupin los hubiera convencido a su vez.

—Ya ve, Lupin —dijo M. Formerie con tono de lamento. Luego, agregó—: Todo lo que podemos suponer es que el viejo Steinweg, después de haber estado encerrado allí, ya no está.

—Anteayer por la mañana estaba todavía —afirmó Lupin.

—Y a las cinco de la tarde mis hombres ocuparon el inmueble —observó Weber.

—Entonces habría que admitir que fue secuestrado por la tarde —concluyó M. Formerie.

—No —replicó Lupin.

—¿No lo cree?

La pregunta impulsiva del juez de instrucción era un inge-
nuo homenaje a la clarividencia de Lupin, esa suerte de sumisión anticipada a todo lo que el adversario decidía.

—No solo no lo creo —afirmó Lupin en la forma más ro-
tunda—. Es materialmente imposible que el señor Steinweg
haya sido liberado en ese momento. Steinweg está en el número 29 de Villa Dupont.

M. Weber levantó los brazos hacia el techo.

—¡Pero eso es una locura! ¡Yo mismo fui! ¡Yo mismo regis-
tré cada una de las habitaciones! Un hombre no se oculta como
si fuera una moneda de un centavo.

—Entonces, ¿qué hacemos? —se lamentó M. Formerie.

—¿Qué hacemos, señor juez de instrucción? —respondió
Lupin—. Es muy sencillo. Súbame a un coche y lléveme, con to-
das las precauciones que quiera tomar, al 29 de la calle Dupont.
Es la una. A las tres de la tarde habré descubierto a Steinweg.

La oferta era precisa, imperiosa, exigente. Los dos funcio-
narios aguantaron el peso de aquella voluntad formidable. M.
Formerie miró a Weber. Después de todo, ¿por qué no? ¿Qué
se oponía a aquella prueba?

—¿Qué piensa usted, señor Weber?

—¡Pfff! No tengo idea.

—No obstante, se trata de la vida de un hombre.

—Sin duda —formuló el subjefe, que comenzaba a vacilar.

Se abrió la puerta. Un ujier trajo una carta que M. Formerie abrió y leyó:

Desconfíe. Si Lupin entra en la mansión de Villa Dupont, saldrá
libre. Su fuga está preparada.

L. M.

M. Formerie palideció. El peligro del que acababa de escapar le espantaba. Una vez más, Lupin se había burlado de él. Steinweg no existía.

En voz baja, M. Formerie le agradeció a Dios. Sin el milagro de aquella carta anónima, hubiera estado perdido, deshonrado.

—Suficiente por hoy —dijo—. Reanudaremos el interrogatorio mañana. Guardias, que se lleven al detenido de vuelta a la *Santé*.

Lupin no se inmutó. Se dijo que el golpe provenía del *otro*, que había veinte probabilidades contra una de que el rescate de Steinweg ya no pudiera llevarse a cabo, pero que, en suma, quedaba aquella vigesimoprimera probabilidad, y que no existía razón alguna para que él, Lupin, perdiera la esperanza.

Entonces, simplemente dijo:

—Señor juez de instrucción, le doy cita mañana a las diez en el 29 de Villa Dupont.

—Usted está loco. Pero como no quiero...

—Yo sí quiero y eso basta. Hasta mañana a las diez. Sea puntual.

IV

Como las otras veces, al regresar a su celda, Lupin se acostó y, bostezando, pensaba:

«En el fondo, nada es más práctico para conducir mis asuntos que esta existencia. Cada día doy el empujoncito que pone en marcha toda la maquinaria, y no tengo más que esperar pacientemente hasta el día siguiente. Los acontecimientos se producen por sí mismos. ¡Qué descanso para un hombre agobiado!». Se volteó hacia la pared y continuó: «Steinweg, si amas la vida, ¡no te mueras todavía! Te pido un poquito de buena voluntad. Haz como yo: duerme».

Salvo por la hora de la comida, durmió de nuevo hasta la mañana. Solo el ruido de cerraduras y cerrojos lo despertó.

—Levántese —le dijo el guardia—. Vístase... Hay prisa.

Weber y sus hombres lo recibieron en el pasillo y lo llevaron a un coche.

—Cochero, al 29 de Villa Dupont —dijo Lupin al subir al vehículo—. Y rápido.

—¡Ah! ¿Entonces ya sabe que vamos allí? —le preguntó el subjefe.

—Por supuesto que lo sé, ya que ayer le di cita a M. Formerie en el 29 de Villa Dupont, a las diez en punto. Cuando Lupin dice una cosa, esa cosa se cumple. Esta es la prueba.

Desde la calle de Pergolèse las grandes precauciones que la policía había tomado aumentaron la alegría del prisionero. Escuadrones de agentes llenaban las calles. En cuanto a la Villa Dupont, estaba sencillamente cerrada a la circulación.

—Estado de sitio —se burló Lupin—. Weber, de mi parte le darás un luis a cada uno de esos pobres tipos a quienes has molestado sin razón. ¡Aunque entiendo que quieras tener una red salvavidas! Un poco más y me pondrías esposas.

—Solo cumplo tus deseos —dijo Weber.

—Adelante, viejo. ¡Tenemos que igualar la partida entre nosotros! ¡Solo piensa que, hasta ahora, ya llevas trescientas imputaciones!

Con las manos encadenadas, descendió del coche delante del pórtico y enseguida lo condujeron a la estancia donde se encontraba M. Formerie. Los agentes salieron. Solo quedó Weber.

—Disculpe, señor juez de instrucción —dijo Lupin—, tengo quizá uno o dos minutos de retraso. Tenga la seguridad de que la próxima vez me las arreglaré...

M. Formerie estaba pálido, agitado por un temblor nervioso. Tartamudeó:

—Señor, la señora Formerie...

Debió interrumpirse, falto de aliento, como si se asfixiara.

—¿Cómo está la excelente señora Formerie? —preguntó Lupin con interés—. Tuve el placer de bailar con ella este invierno en el baile del Ayuntamiento, y ese recuerdo...

—Señor —prosiguió el juez de instrucción—, señor, la señora Formerie recibió anoche una llamada de su madre pidiéndole que fuese enseguida. Desgraciadamente, ella partió sin mí, pues yo estaba estudiando su expediente.

—¿Estudiaba mi expediente? ¡Qué torpeza! —observó Lupin.

—Pero a medianoche —continuó el juez—, al ver que no regresaba, muy inquieto me apresuré a casa de su madre. Mme. Formerie no estaba allí. Su madre no la había llamado. Todo esto no fue sino la más abominable de las emboscadas. A estas horas, Mme. Formerie todavía no ha regresado.

—¡Ah! —dijo Lupin con indignación. Y luego de reflexionar, agregó—: Por lo que recuerdo, Mme. Formerie es muy hermosa, ¿no es así?

El juez pareció no comprender. Caminó hacia Lupin, y con voz ansiosa y una actitud un poco teatral dijo:

—Señor, esta mañana se me advirtió por medio de una carta que mi esposa me sería devuelta de inmediato después de que encontráramos al señor Steinweg. He aquí la carta. La firma Lupin. ¿Es suya?

Lupin examinó la carta y concluyó con seriedad:

—Es mía.

—Eso quiere decir que usted quiere obtener de mí, con violencia, la conducción de las investigaciones relativas al señor Steinweg.

—Lo exijo.

—Y que mi esposa será liberada inmediatamente después.

—Será liberada.

—¿Incluso en el caso de que esas investigaciones resulten infructuosas?

—Ese caso no es admisible.

—¿Y si me niego? —exclamó M. Formerie en un ataque imprevisto de rebeldía.

—Una negativa podría tener consecuencias graves. Mme. Formerie es hermosa —murmuró Lupin.

—De acuerdo. Busque. Usted manda —masculló M. Formerie cruzándose de brazos, como un hombre que sabe, según la ocasión, resignarse ante la fuerza superior de los acontecimientos.

M. Weber no había pronunciado palabra, pero se mordía con rabia el bigote y se sentía la cólera que debía experimentar al ceder una vez más a los caprichos de aquel enemigo, vencido pero siempre victorioso.

—Subamos —dijo Lupin.

Subieron.

—Abran la puerta de esta habitación.

La abrieron.

—Que me quiten las esposas.

Hubo un minuto de vacilación. M. Formerie y M. Weber se consultaron con la mirada.

—Que me quiten las esposas —repitió Lupin.

—Yo respondo de todo —aseguró el subjefe.

Y, haciendo señas a los ocho hombres que lo acompañaban, dijo:

—¡Arma en mano! ¡A la primera orden, fuego!

Los hombres sacaron su revólver.

—Abajo las armas —ordenó Lupin— y las manos en los bolsillos.

Ante la duda de los agentes, declaró con fuerza:

—Juro por mi honor que estoy aquí para salvar la vida de un hombre que agoniza y que no intentaré fugarme.

—El honor de Lupin... —murmuró uno de los agentes.

Una patada en seco en una pierna hizo que el agente lanzara un aullido de dolor. Todos los demás se abalanzaron sobre él, impulsados por el odio.

—¡Alto! —gritó Weber, interponiéndose—. Anda, Lupin, te doy una hora. Si dentro de una hora...

—No quiero condiciones —replicó Lupin, inflexible.

—¡Eh! Haz como gustes, animal —gruñó el subjefe, exasperado.

Y retrocedió, llevándose a sus hombres con él.

—Maravilloso —dijo Lupin—. Así se puede trabajar tranquilamente.

Se sentó en un sillón cómodo, pidió un cigarro, lo encendió y se puso a lanzar al techo anillos de humo, mientras los otros esperaban con una curiosidad que no trataban de disimular. Al cabo de un instante dijo:

—Weber, haz que aparten la cama.

Hicieron la cama a un lado.

—Que quiten todas las cortinas de la recámara.

Quitaron las cortinas. Inició un largo silencio. Se hubiera dicho que era uno de esos experimentos de hipnotismo a los que se asiste con una ironía mezclada de angustia, con el miedo y la sospecha de las cosas misteriosas que puedan producirse. Quizá iban a ver a un moribundo surgir del espacio, invocado por el encantamiento irresistible de un mago. Quizá iban a ver...

—Ya está —dijo Lupin.

—¡Cómo ya! —exclamó M. Formerie.

—¿Cree usted, entonces, señor juez de instrucción, que yo no pienso en nada cuando estoy en mi celda y que hice que me trajeran aquí sin tener ya algunas ideas precisas sobre la cuestión?

—¿Y ahora? —dijo M. Weber.

—Envía a uno de tus hombres al tablero de los timbres eléctricos. Debe estar por las cocinas.

Uno de los agentes se alejó.

—Ahora, presiona el botón que se encuentra aquí, en la alcoba, a la altura de la cama. Bien. Presiona fuerte. No pares. Basta. Ahora llama al tipo que enviaste abajo.

Un minuto después, el agente regresó.

—¡Y bien!, artista, ¿escuchaste el timbre?

—No.

—¿Uno de los números del tablero se activó?

—No.

—Perfecto. No me equivoqué —dijo Lupin—. Weber, ten la bondad de desatornillar este timbre que, como ves, es falso. Así es. Comienza por hacer girar la campana de porcelana que rodea el botón. Perfecto. Y ahora, ¿qué ves?

—Una suerte de embudo —respondió M. Weber—. Se diría que es el extremo de un tubo.

—Inclínate... Pon tu boca en ese tubo, como si fuera un micrófono.

—Ya está.

—Llámalo, llámalo: «¡Steinweg! ¡Hola, Steinweg!». Es inútil gritar, solo habla. ¿Y bien?

—No responden.

—¿Estás seguro? Escucha. ¿No responden?

—No.

—Ni modo, significa que está muerto o no está en condiciones de responder.

M. Formerie exclamó:

—En ese caso, todo está perdido.

—Nada está perdido —respondió Lupin—. Pero llevará más tiempo. Este tubo tiene dos extremos, como todos los tubos; se trata de seguirlo hasta el otro extremo.

—Pero será preciso derribar toda la mansión.

—No, no, veamos.

Se puso él mismo a la tarea, rodeado de todos los agentes que pensaban más en observar lo que él hacía que en vigilarlo.

Pasó a la otra habitación y enseguida, como lo había previsto, descubrió un tubo de plomo que emergía de una esquina y que subía hacia el techo como un conducto de agua.

—¡Ajá! —exclamó Lupin—. Sube. No está mal. Generalmente se busca en los sótanos.

Habían descubierto el conducto, no había más que dejarse guiar por él. Subieron así al segundo piso, luego al tercero y, finalmente, a los áticos. Vieron que el techo de uno de esos áticos estaba resquebrajado y que el tubo pasaba hacia un desván muy bajo que también estaba agujereado en su parte superior. No obstante, por encima estaba el tejado.

Colocaron una escalera y atravesaron un tragaluz. El techo estaba formado por planchas de metal.

—La pista es mala —declaró M. Formerie.

Lupin se encogió de hombros.

—Para nada.

—Pero el tubo desemboca bajo las planchas de metal.

—Eso solo prueba que entre esas planchas y la parte superior del ático existe un espacio libre donde encontraremos lo que buscamos.

—Imposible.

—Vamos a verlo. Que levanten las planchas. No, ahí no, aquí es donde debe desembocar el tubo.

Tres agentes ejecutaron la orden. Uno de ellos lanzó una exclamación:

—¡Ah!, ¡ya estamos!

Se inclinaron. Lupin tenía razón. Debajo de las planchas sostenidas por un entretejido de barras de madera medio podridas, había un espacio vacío, de un metro de altura, a lo sumo, en su punto más elevado.

El primer agente que bajó rompió el tejado y cayó dentro de la buhardilla. Tuvo que continuar sobre el tejado con precaución, mientras levantaba las planchas metálicas.

Un poco más lejos había una chimenea. Lupin, que marchaba a la cabeza y vigilaba el trabajo de los agentes, se detuvo y dijo:

—Aquí está.

Allí yacía un hombre, más bien un cadáver, cuyo rostro vieron a la luz resplandeciente del día, lívido y convulsionado de dolor. Unas cadenas lo amarraban a unas anillas de hierro sujetas al tiro de la chimenea. A su lado había dos cuencos vacíos.

—Está muerto —dijo el juez de instrucción.

—¿Qué sabe usted? —replicó Lupin.

Se deslizó; con el pie tanteó el piso hasta el lugar que le pareció más sólido y se aproximó al cadáver.

M. Formerie y el subjefe imitaron su ejemplo. Después de examinarlo un instante, Lupin manifestó:

—Aún respira.

—Sí —dijo M. Formerie—. El corazón late débilmente, pero late. ¿Cree que lo podamos salvar?

—Evidentemente, puesto que no está muerto... —declaró Lupin con gran seguridad—. ¡Leche, rápido! —ordenó—. Leche mezclada con agua de Vichy. ¡Rápido! Yo respondo de todo.

Veinte minutos más tarde, el viejo Steinweg abrió los ojos.

Lupin, arrodillado cerca de él, murmuró lenta y claramente, a fin de grabar sus palabras en el cerebro del enfermo:

—Escucha, Steinweg, no reveles a nadie el secreto de Pierre Leduc. Yo, Arsène Lupin, te lo compro al precio que quieras. Déjamelo a mí.

El juez de instrucción tomó a Lupin por el brazo y dijo en tono grave:

—¿Mme. Formerie?

—Mme. Formerie está libre. Lo espera con impaciencia.

—¿Cómo es eso?

—Vamos, señor juez de instrucción; yo sabía que usted consentiría a la pequeña expedición que le proponía. Una negativa de su parte era inadmisible.

—¿Por qué?

—Mme. Formerie es demasiado bonita.

II

Una página de la historia moderna

UNO

Lupin lanzó con violencia ambos puños, derecho e izquierdo, y luego flexionó los brazos hasta su pecho; lanzó de nuevo dos puñetazos, y al pecho otra vez.

Este movimiento, que ejecutó treinta veces seguidas, fue remplazado por una flexión del busto hacia adelante y hacia atrás, seguida de una elevación alternada de las piernas, y luego de una rotación alternada de los brazos.

Todo esto duró un cuarto de hora; el cuarto de hora que consagraba cada mañana a desentumecer sus músculos mediante ejercicios de gimnasia sueca.

Después se instaló frente a su mesa, tomó unas hojas de papel que estaban dispuestas en paquetes numerados y, doblando una de ellas, hizo un sobre, tarea que repitió con una serie sucesiva de hojas.

Era la tarea que había aceptado y a la que se entregaba todos los días; los detenidos tenían derecho a escoger los trabajos que les agradaran: pegar sobres, confeccionar abanicos de papel, bolsas de metal, etcétera. De tal suerte que, mientras ocupaba sus manos en un ejercicio mecánico y distendía sus músculos con flexiones automáticas, Lupin no cesaba de pensar en sus asuntos.

Crujido de cerrojos, ruido de cerradura.

—¡Ah, es usted, excelente carcelero! ¿Es el minuto del aseo supremo, el corte de cabello que precede al gran corte final?

—No —dijo el hombre.

—¿La junta de instrucción? ¿El paseo al Palacio? Me sorprende, pues el buen M. Formerie me advirtió estos días que, en adelante y por prudencia, me interrogaría en mi propia celda... Confieso que eso es contrario a mis planes.

—Tiene una visita —dijo el hombre con tono lacónico.

«Ya está», pensó Lupin. Luego, dirigiéndose al locutorio, se dijo: «Maldita sea, ¡si es quien creo, soy un tipo fabuloso! En cuatro días y desde el fondo de mi calabozo, puse en marcha este asunto, ¡qué golpe maestro!».

Provistos de un permiso en regla firmado por el director de la primera división de la prefectura de policía, los visitantes entraban en las estrechas celdas que sirven de locutorio. Estas celdas, divididas a la mitad por dos enrejados separados por un intervalo de cincuenta centímetros, tienen dos puertas que dan a dos pasillos diferentes. El detenido entra por una puerta y el visitante por otra. No pueden, por tanto, tocarse, hablar en voz baja ni realizar entre ellos el mínimo intercambio de objetos. Además, en ciertos casos, un guardia puede asistir a la entrevista.

En este caso fue el jefe de guardias quien tuvo ese honor.

—¿Quién diablos obtuvo autorización para la visita? —exclamó Lupin al entrar—. Este no es mi día de recibirlas.

Mientras el guardia cerraba la puerta, se acercó al enrejado y examinó a la persona que se encontraba detrás de la otra reja y cuyos rasgos se discernían solo de manera confusa en la semioscuridad.

—¡Ah! —dijo con alegría—. Es usted, señor Stripani. ¡Qué feliz casualidad!

—Sí, soy yo, mi querido príncipe.

—No, nada de títulos, se lo suplico, querido señor. Aquí he renunciado a esas futilidades de la vanidad humana. Lláme-me usted Lupin, va más con la situación.

—Eso quisiera, pero es al príncipe Sernine a quien conocí; el príncipe Sernine fue quien me salvó de la miseria y me otor-gó la felicidad y la fortuna, y usted comprenderá que para mí usted será siempre el príncipe Sernine.

—¡Al grano!, señor Stripani, ¡al grano! El tiempo del jefe de guardias es precioso y no tenemos derecho a abusar de él. En pocas palabras, ¿qué le trae por aquí?

—¿Qué me trae? ¡Oh, Dios mío!, es muy sencillo. Me ha pa-recido que usted se sentiría descontento de mí si me dirigiera a otro y no a usted para completar la obra que comenzó. Además, solo usted tuvo en mano los elementos que le permitieron, en esta época, reconstruir la verdad y contribuir a mi salvación. Por consiguiente, solo usted es capaz de frenar el nuevo golpe que me amenaza. Así lo entendió el prefecto de policía cuando le expuse la situación.

—En efecto, me sorprendió que lo hubieran autorizado.

—La negativa era imposible, querido príncipe. Su interven-ción es necesaria en un asunto en el cual hay muchos intereses en juego, intereses que no son solamente míos, sino que con-ciernen a personajes situados muy en alto, usted sabe...

Lupin observaba al guardia con el rabillo del ojo. Escucha-ba con viva atención, el busto inclinado, ávido de captar el sig-nificado secreto de las palabras intercambiadas.

—¿De suerte que...? —preguntó Lupin.

—De suerte que, mi querido príncipe, le suplico reunir todos sus recuerdos respecto a ese documento impreso, redac-tado en cuatro idiomas y cuyo comienzo al menos guardaba relación con...

Un puñetazo en la mandíbula, un poco por debajo de la oreja, y el jefe de guardias se tambaleó dos o tres segundos;

luego, como una masa, sin un gemido, cayó en los brazos de Lupin.

—Buen golpe, Lupin —dijo este—. Una tarea realizada con propiedad. Así que, dígame, Steinweg, ¿tiene el cloroformo?

—¿Está seguro de que se desmayó?

—¡Qué dices! Tiene para tres o cuatro minutos. Pero eso no bastará.

El alemán sacó de su bolsillo un tubo de cobre que estiró como un telescopio, en cuyo extremo había un minúsculo frasco.

Lupin tomó el frasco, vertió algunas gotas sobre un pañuelo y lo aplicó sobre la nariz del jefe de guardias.

—¡Perfecto! El buen hombre ya tiene lo necesario... Pagaré por mis molestias ocho o quince días de aislamiento, pero esas son las pequeñas ventajas del oficio.

—¿Y yo?

—¿Y usted? ¿Qué quiere que haga?

—¡Caray! El puñetazo.

—Usted no tiene que ver con nada.

—¿Y la autorización para verlo? Es sencillamente falsa.

—Tampoco tiene que ver con eso.

—Pero la usé.

—¡Perdón! Usted presentó anteayer una solicitud ordinaria a nombre de Stripani. Esta mañana recibió una respuesta oficial. El resto no le concierne. Solo mis amigos que elaboraron la respuesta podrían estar inquietos. ¡Váyase! Ellos no vendrán.

—¿Y si nos interrumpen?

—¿Por qué?

—Parecían alterados cuando presenté la autorización para ver a Lupin. El director me llamó y la examinó con cuidado. No dudo que haya llamado a la prefectura de policía.

—Yo estoy seguro.

—¿Entonces?

—Todo está previsto, viejo. No te angusties y charlemos. Supongo que si has venido aquí es porque ya sabes de qué se trata.

—Sí. Sus amigos me explicaron.

—¿Y aceptas?

—El hombre que me salvó de la muerte puede disponer de mí como quiera. Cualesquiera que sean los servicios que yo pueda prestarle, continuaré en deuda con usted.

—Antes de entregar tu secreto, piensa en la situación en que me encuentro: prisionero, impotente.

Steinweg se echó a reír.

—No, se lo ruego, no bromeemos. Yo había entregado mi secreto a Kesselbach porque era rico y porque podía, mejor que nadie, sacarle partido; pero por preso e impotente que esté, lo considero cien veces más poderoso que Kesselbach con sus cien millones.

—¡Oh, oh!

—Y usted lo sabe bien. Cien millones no hubieran bastado para descubrir el agujero donde yo agonizaba, ni tampoco para traerme aquí, durante una hora, frente al prisionero impotente que es usted. Se requiere otra cosa. Y esa otra cosa, usted la tiene.

—En ese caso, habla. Y procedamos por orden. ¿El nombre del asesino?

—Eso es imposible.

—¿Cómo imposible? Pero, si lo conoces, debes revelármelo todo.

—Todo, pero no eso.

—Sin embargo...

—Más adelante.

—¡Estás loco! Pero, ¿por qué?

—No tengo pruebas. Más adelante, cuando esté libre, buscaremos juntos. Además, ¿de qué sirve? Y, de verdad, no puedo.

—¿Tienes miedo de él?

—Sí.

—De acuerdo —dijo Lupin—. Después de todo, eso no es lo más urgente. Y en cuanto al resto, ¿estás resuelto a hablar?

—De todo.

—¡Pues bien! Responde, ¿cómo se llama Pierre Leduc?

—Hermann IV, gran duque de Deux-Ponts-Veldenz, príncipe de Berncastel, conde de Fistingen, señor de Wiesbaden y de otros lugares.

Lupin se estremeció de alegría al enterarse de que, en definitiva, su protegido no era el hijo de un carnicero.

—¡Diablos! —murmuró—. ¡Tenemos un título! Hasta donde sé, el gran ducado de Deux-Ponts-Veldenz está en Prusia.

—Sí, en la Mosela. La casa de Veldenz es una rama de la casa Palatine de Deux-Ponts. El gran ducado lo ocuparon los franceses después del Tratado de Lunéville y formó parte del departamento de Mont-Tonnerre. En 1814 fue reconstituido en beneficio de Hermann I, bisabuelo de nuestro Pierre Leduc. El hijo, Hermann II, tuvo una juventud tempestuosa, se arruinó, dilapidó las finanzas de su país, se hizo insoportable a sus súbditos que acabaron por quemar en parte el antiguo castillo de Veldenz y por expulsar a su amo de sus Estados. El gran ducado pasó entonces a ser administrado y gobernado por tres regentes, en nombre de Hermann II, quien, anomalía bastante curiosa, no abdicó y conservó su título de gran duque reinante. Vivió bastante pobre en Berlín, y después hizo la campaña de Francia al lado de Bismarck, de quien era amigo; fue víctima de una explosión de obús en el asedio de París, y al morir confió a Bismarck a su hijo Hermann, Hermann III.

—El padre, por consiguiente, de nuestro Leduc —dijo Lupin.

—Sí. Hermann III se ganó el afecto del canciller, quien en diversas ocasiones se sirvió de él como enviado secreto ante personalidades extranjeras. A la caída de su protector, Hermann III dejó Berlín, viajó y regresó para establecerse en Dresde. Cuando Bismarck murió, Hermann III estaba allí. Él mismo murió dos años más tarde. Esos son los hechos públicos y conocidos por todos en Alemania. Esa es la historia de los tres Hermann, grandes duques de Deux-Ponts-Veldenz, en el siglo XIX.

—Pero ¿y el cuarto, Hermann IV, el que nos ocupa?

—Pronto hablaremos de él. Pasemos ahora a los hechos ignorados.

—Y que conoces solo tú —dijo Lupin.

—Solo yo y algunos otros.

—¿Cómo algunos otros? Entonces, ¿no guardaron el secreto?

—Sí, sí, el secreto está bien guardado por aquellos que lo poseen. No tema, esos tienen todo el interés, respondo ante usted de eso, de no divulgarlo.

—Entonces, ¿cómo lo conoces?

—Por un antiguo criado y secretario íntimo del gran duque Hermann, último de ese nombre. Ese criado, que murió en mis brazos en El Cabo, me confió primero que su amo se había casado clandestinamente y que había dejado un hijo. Y luego me reveló el famoso secreto.

—¿El mismo que le revelaste más tarde a Kesselbach?

—Sí.

—Habla.

En el instante mismo en que pronunciaba esa palabra, se escuchó el ruido de una llave en la cerradura.

II

—Ni una palabra —murmuró Lupin.

Se arrimó contra la pared, junto a la puerta. El batiente se abrió. Lupin lo volvió a cerrar violentamente, y empujó a un hombre, un carcelero, que lanzó un grito.

Lupin lo tomó de la garganta

—¡Cállate, viejo! Si protestas, estás perdido.

Lo tendió sobre el suelo.

—¿Te portarás bien? ¿Comprendes la situación? ¿Sí? Perfecto. ¿Dónde está tu pañuelo? A ver tus muñecas ahora... Bueno, ya estoy tranquilo. Escucha... Te mandaron aquí por precaución, ¿no es así?, ¿para asistir al jefe de guardias en caso de necesidad? Excelente medida, pero un poco tardía. Ya ves, el jefe de guardias está muerto... Si te mueves, si avisas, te pasará igual.

Tomó las llaves del hombre e introdujo una de ellas en la cerradura.

—Así estamos tranquilos.

—Usted, pero ¿yo? —observó el viejo Steinweg.

—¿Por qué vendrían?

—¿Y si han oído el grito que él lanzó?

—No lo creo. Pero, en todo caso, ¿mis amigos te dieron las llaves falsas?

—Sí.

—Entonces bloquea la cerradura. ¿Ya? ¡Pues bien!, ahora tenemos por lo menos diez buenos minutos ante nosotros. Ya ves, querido amigo, cómo las cosas más difíciles en apariencia son en realidad simples. Basta un poco de sangre fría y saber adaptarse a las circunstancias. Vamos, no te emociones y habla. En alemán, ¿quieres? No tiene caso que este tipo participe de los secretos de Estado que nos ocupan. Anda, mi viejo, y tranquilamente. Aquí estamos como en casa.

Steinweg prosiguió:

—La noche de la muerte de Bismarck, el gran duque Hermann III y su fiel criado, mi amigo el de El Cabo, subieron a un tren que los condujo a Múnich a tiempo de tomar el tren rápido a Viena. De Viena fueron a Constantinopla, luego a El Cairo, a Nápoles, a Túnez, a España, a París, a Londres, a San Petersburgo y a Varsovia; en ninguna de esas ciudades se detuvieron. Saltaban a un coche, hacían cargar sus dos valijas, galopaban por las calles dirigiéndose a una estación vecina o hacia el embarcadero y volvían a tomar otro tren o un barco.

—En resumen, como los seguían, trataban de despistar —concluyó Arsène Lupin.

—Una tarde dejaron la ciudad de Tréveris, vestidos con camisa y gorro de obreros, con un palo al hombro y un hatillo en la punta del palo. Recorrieron a pie los treinta y cinco kilómetros que los separaban de Veldenz, donde se encuentra el viejo castillo de Deux-Ponts, o, más bien, las ruinas del viejo castillo.

—Nada de descripciones.

—Todo el día permanecieron escondidos en un bosque vecino. Por la noche se acercaron a las viejas murallas. Allí, Hermann ordenó a su criado que lo esperara y escaló el muro por una brecha llamada la Brecha del Lobo. Una hora más tarde regresó. A la semana siguiente, después de nuevas peregrinaciones, regresó a su casa de Dresde. La expedición había acabado.

—¿Y el objeto de esa expedición?

—El gran duque no le confió ni una palabra a su criado. Pero este, por ciertos detalles y por la coincidencia de hechos que se produjeron, pudo reconstruir la verdad, al menos en parte.

—Rápido, Steinweg, el tiempo apremia ahora y estoy ávido de saber.

—Quince días después de la expedición, el conde Waldemar, oficial de la guardia del emperador y uno de sus amigos personales, se presentó en casa del gran duque acompañado de seis hombres. Permaneció allí todo el día, encerrado en el despacho del gran duque. En varias ocasiones se escucharon ruidos de altercado y violentas disputas. Esta frase la escuchó el criado que pasaba por el jardín bajo la ventana: «Esos papeles le fueron entregados a usted. Su majestad está seguro de ello. Si usted no quiere entregármelos por su propia voluntad...». El resto de la frase, el sentido de la amenaza, y, en suma, toda la escena, se adivina fácilmente por lo siguiente: la mansión de Hermann fue registrada de arriba abajo.

—Pero eso era ilegal.

—Hubiera sido ilegal si el gran duque se hubiera opuesto a ello, pero él mismo acompañó al conde en sus pesquisas.

—¿Y qué se buscaba? ¿Las memorias del canciller?

—Mejor que eso. Buscaba un legajo de papeles secretos cuya existencia se conocía por ciertas indiscreciones cometidas, y que se sabía con certeza que había sido confiado al gran duque Hermann.

Lupin estaba apoyado con ambos codos contra la reja y sus dedos se crispaban contra las mallas de hierro.

—Documentos secretos... Y muy importantes, sin duda —murmuró con voz emocionada.

—De la mayor importancia. La publicación de esos papeles tendría resultados que no cabe prever, no solo desde el punto de vista de la política interior, sino desde el punto de vista de las relaciones exteriores.

—¡Oh! —repetía Lupin, emocionado—. ¡Oh!, ¿será posible? ¿Qué pruebas tienes?

—¿Qué pruebas? El propio testimonio de la esposa del gran duque, las confidencias que ella le hizo al criado después de la muerte de su marido.

—En efecto, en efecto —balbució Lupin—. Lo que tenemos es el testimonio del gran duque.

—¡Mejor aún! —exclamó Steinweg.

—¿Qué?

—¡Un documento! Un documento escrito de su puño, firmado por él, que contiene...

—¿Qué contiene?

—La lista de documentos secretos que le fueron confiados.

—¿En dos palabras?

—En dos palabras sería imposible. El documento es largo, lleno de anotaciones y de observaciones a veces incomprensibles. Le cito solamente dos títulos que corresponden a dos fajos de papeles secretos: «*Cartas originales de Kronprinz a Bismarck*». Las fechas muestran que esas cartas fueron escritas durante los tres meses de reinado de Federico III. Para imaginar lo que pueden contener esas cartas, recuerde usted la enfermedad de Federico III, las peleas con su hijo...

—Sí, sí, ya sé. ¿Y el otro título?

—«Fotografías de las cartas de Federico III y de la emperatriz Victoria a la reina Victoria de Inglaterra».

—¿Está eso? ¿Está eso? —preguntó Lupin con la garganta ahogada.

—Escuche las anotaciones del gran duque: «Texto del tratado con Inglaterra y Francia». Y estas palabras un tanto oscuras: «Alsacia-Lorena... Colonias... Limitación naval...».

—¡Está eso! —murmuró Lupin—. ¿Y es oscuro, dices? Por el contrario, son palabras resplandecientes. ¡Ah!, ¿será posible?

Se escucharon ruidos en la puerta. Tocaron.

—Que nadie entre —dijo Lupin—. Estoy ocupado.

Tocaron en la otra puerta, del lado de Steinweg. Lupin gritó:

—¡Un poco de paciencia, terminaré dentro de cinco minutos! —Después se dirigió al anciano con tono imperioso—: Tranquilo, continúa. ¿Entonces, según tú, la expedición del gran duque y de su criado al castillo de Veldenz no tenía otro objetivo que ocultar esos documentos?

—No cabe duda.

—Puede ser. Pero el gran duque pudo sacarlos de allí después.

—No, no abandonó Dresde hasta su muerte.

—Pero los enemigos del gran duque, aquellos que tenían todo el interés en recuperarlos y eliminarlos, ellos pudieron buscarlos allí donde estaban, esos papeles...

—Su investigación los llevó, en efecto, hasta allí.

—¿Cómo lo sabes?

—Usted comprenderá que yo no permanecí inactivo y que mi primera preocupación cuando me hicieron esas revelaciones fue ir a Veldenz e informarme por mi propia cuenta en las aldeas vecinas. Me enteré de que el castillo había sido invadido dos veces por una docena de hombres llegados de Berlín, acreditados ante los regentes.

—¿Y bien?

—¡Y bien! No encontraron nada, pues después de esa época no se permite la visita al castillo.

—Pero, ¿qué impide entrar allí?

—Una guarnición de cincuenta soldados que vigilan día y noche.

—¿Soldados del gran ducado?

—No, soldados destacados de la guardia personal del emperador.

Se elevaron voces en el pasillo y de nuevo tocaron la puerta, interpelando al jefe de guardias.

—Duerme, señor director —dijo Lupin, reconociendo la voz de M. Borély.

—¡Abra! Le ordeno que abra.

—Imposible. La cerradura está trabada. Si tengo un consejo que darle es que haga un corte alrededor de dicha cerradura.

—¡Abra!

—¿Y la suerte de Europa de la que estamos discutiendo?, ¿qué hará usted?

Se volvió hacia el anciano:

—¿De modo que no has podido entrar en el castillo?

—No.

—Pero estás convencido de que los famosos documentos están ocultos allí.

—¡Veamos!, ¿no le he dado todas las pruebas? ¿No está convencido?

—Sí, sí —murmuró Lupin—. Es allí donde están ocultos, no hay duda. Es allí donde están ocultos.

Le parecía ver el castillo. Le parecía imaginar el misterioso escondite. Y la visión de un tesoro inagotable, la evocación de cofres repletos de piedras preciosas y de riquezas no le hubiera emocionado más que la idea de aquellos trozos de papel sobre los cuales velaba la guardia del káiser. ¡Qué maravillosa conquista a emprender! ¡Cuán digna de él! ¡De qué manera volvía a dar pruebas de perspicacia e intuición al lanzarse al azar sobre aquella pista desconocida!

Afuera «trabajaban» en la cerradura.

—¿De qué murió el gran duque? —preguntó al viejo Steinweg.

—De una pleuresía en unos días. Apenas pudo recobrar el conocimiento; lo horrible fue que se veían, al parecer, los increíbles esfuerzos que hacía, entre accesos de delirio, para reunir sus ideas y pronunciar palabras. De cuando en cuando llamaba a su esposa, la miraba con aire desesperado y movía en vano los labios.

—En suma, ¿habló? —dijo bruscamente Lupin, a quien el «trabajo» sobre la cerradura comenzaba a inquietarlo.

—No, no habló. Pero en un minuto de lucidez, a fuerza de energía, consiguió trazar unos signos sobre una hoja de papel que sostenía su esposa.

—¡Y bien!, ¿esos signos?

—Indescifrables en su mayor parte.

—En su mayor parte, pero, ¿y los otros? —dijo Lupin ávidamente—. ¿Y los otros?

—Hay, en primer lugar, tres cifras perfectamente distinguibles: un ocho, un uno y un tres.

—Ochocientos trece... Sí, ya sé... ¿Y después?

—Después, letras, varias letras entre las cuales no es posible reconstruir con toda certeza más que un grupo de tres, e inmediatamente después un grupo de dos letras.

—«Apoon», ¿no es así?

—¡Ah!, ¿lo sabe?

La cerradura cedía, habían retirado casi todos los tornillos. Lupin preguntó, repentinamente ansioso ante la idea de ser interrumpido:

—¿De suerte que esa palabra incompleta, «Apoon», y esa cifra, 813, son la fórmula que el gran duque legó a su esposa y a su hijo para permitirles recuperar los papeles secretos?

—Sí.

Lupin sujetó la cerradura con ambas manos para impedir que esta cayera.

—Señor director, va a despertar al jefe de guardias. Eso no es gentil, deme otro minuto, ¿quiere? Steinweg, ¿qué le ocurrió a la esposa del gran duque?

—Murió poco después que su marido, de pena, podría decirse.

—¿Y la familia recogió al hijo?

—¿Qué familia? El gran duque no tenía ni hermanos ni hermanas. Además, solo estaba casado morganáticamente y en secreto. No, el hijo fue adoptado por el viejo servidor de Hermann, quien lo educó bajo el nombre de Pierre Leduc. Era un chico bastante malo, independiente, fantasioso, difícil de convivir. Un día se marchó. No lo volvieron a ver.

—¿Conocía el secreto de su nacimiento?

—Sí, y se le mostró la hoja de papel sobre la cual Hermann había escrito las letras y la cifra 813, etcétera.

—¿Y esta revelación, posteriormente, te fue hecha solo a ti?

—Sí.

—¿Y tú no se la confiaste más que a M. Kesselbach?

—Solo a él. Pero, por prudencia, a pesar de que le enseñé la hoja con los signos y las letras, así como la lista de la que le he hablado, conservé esos documentos. Los acontecimientos han probado que yo tenía razón.

—Y esos documentos, ¿los tienes?

—Sí.

—¿Están seguros?

—Absolutamente.

—¿En París?

—No.

—Mejor. No olvides que tu vida está en peligro y que te persiguen.

—Ya lo sé. Al menor paso en falso, estoy perdido.

—Exactamente. Por tanto, toma tus precauciones, despista al enemigo, ve a buscar tus papeles y espera mis instrucciones. El asunto ya está arreglado. De aquí a un mes, a más tardar, iremos a visitar juntos el castillo de Veldenz.

—Y ¿si estoy en prisión?

—Te sacaría.

—¿Eso es posible?

—Al día siguiente del día que yo salga. No, me equivoco, la misma tarde, una hora después.

—Entonces, ¿tiene un medio para hacerlo?

—Diez minutos después; sí, es infalible. ¿Tienes algo más que decirme?

—No.

—Entonces abriré.

Jaló la puerta e inclinándose ante M. Borély, dijo:

—Señor director, no sé cómo disculparme.

No acabó la frase. La irrupción del director y de tres hombres no le dio tiempo.

M. Borély estaba pálido de rabia y de indignación. La vista de los dos guardias tendidos en el suelo lo alarmó.

—¡Muertos! —exclamó.

—No, no —dijo Lupin con sorna—. Mire, aquel se mueve. ¡Habla pues, animal!

—Pero, ¿y el otro? —agregó M. Borély, precipitándose sobre el jefe de guardias.

—Dormido solamente, señor director. Estaba muy cansado, así que le concedí unos instantes de reposo. Intercedo en su favor. Me sentiría desolado si este pobre hombre...

—¡Basta de bromas! —dijo M. Borély violentamente.

Y dirigiéndose a los guardias, ordenó:

—Por el momento que lo lleven de vuelta a su celda. En cuanto a este visitante...

Lupin no supo más sobre las intenciones de M. Borély en relación con el viejo Steinweg. Pero esta era para él una cuestión absolutamente insignificante. Se llevó a su soledad problemas de un interés mucho más considerable que la suerte del anciano. ¡Poseía el secreto de M. Kesselbach!

III

El gran plan de Lupin

UNO

Para su gran sorpresa, le perdonaron el aislamiento. M. Borély en persona acudió a decirle, unas horas más tarde, que juzgaba inútil ese castigo.

—Más que inútil, señor director, peligroso —replicó Lupin—. Peligroso, torpe y sedicioso.

—¿En qué? —preguntó M. Borély, a quien su huésped definitivamente inquietaba cada vez más.

—En lo siguiente, señor director. Usted llegó hace un instante de la prefectura de policía, donde contó a quien corresponde la revuelta del detenido Lupin y exhibió el permiso de visita acordado al señor Stripani. Su excusa era muy simple, dado que cuando el señor Stripani le presentó el permiso, usted tuvo la precaución de telefonear a la prefectura y manifestar su sorpresa, y en la prefectura le respondieron que la autorización era perfectamente válida.

—¡Ah! Lo sabe.

—Lo sé, tanto más cuanto que fue uno de mis agentes quien le respondió en la prefectura. Enseguida, y a petición suya, una investigación inmediata para determinar al responsable descubre que la autorización no era más que una falsificación. Están buscando quién la hizo, pero esté tranquilo, no descubrirán nada.

M. Borély sonrió a manera de protesta.

—Entonces —continuó Lupin—, interrogaron a mi amigo Stripani, quien no tuvo dificultad alguna para confesar su verdadero nombre, ¡Steinweg! ¿Será posible? Pero, en ese caso, el detenido Lupin habría conseguido introducir a alguien en la prisión de la *Santé* ¡y conversar una hora con él! ¡Qué escándalo! Más vale callarlo todo, ¿no es así? Se libera a M. Steinweg y se envía a M. Borély como embajador ante el detenido Lupin, con todos los poderes para comprar su silencio. ¿Es eso cierto, señor director?

—¡Absolutamente cierto! —replicó M. Borély, quien decidió bromear para ocultar su vergüenza—. Se creería que posee usted el don de la profecía. Entonces, ¿acepta nuestras condiciones?

Lupin se echó a reír.

—Es decir, ¡que acepto sus ruegos! Sí, señor director, tranquilice a esos señores de la prefectura. Me callaré. Después de todo, cuento con suficientes victorias como para concederles el favor de mi silencio. No haré ningún comunicado a la prensa, al menos sobre este tema.

Esto significaba reservarse la libertad de hacerlo sobre otros temas. En efecto, toda la actividad de Lupin iba a converger hacia ese doble objetivo: establecer correspondencia con sus amigos, y, por medio de ellos, montar una de esas campañas de prensa en las que él destacaba. Además, desde el instante de su detención había dado las instrucciones necesarias a los dos Doudeville y estimaba que los preparativos estaban a punto de dar resultado.

Todos los días se dedicaba de forma minuciosa a confeccionar sobres para los cuales, cada mañana, le entregaban los materiales necesarios en paquetes numerados que recogían cada noche doblados y pegados.

Ahora bien, la distribución de paquetes numerados se llevaba a cabo siempre de la misma manera entre los detenidos que habían escogido ese tipo de trabajo e, inevitablemente, el paquete que le entregaban a Lupin debía llevar cada día el mismo número de orden.

Las cifras siempre eran exactas, no quedaba más que sobornar a uno de los empleados de la empresa particular que suministraba el material y la expedición de los sobres.

Eso fue fácil.

Seguro del éxito, Lupin esperaba tranquilamente que la señal convenida entre sus amigos y él apareciera sobre la hoja superior del paquete.

Además, el tiempo pasaba rápido. Hacia el mediodía recibía la visita cotidiana de M. Formerie, y en presencia de Quimbel, su abogado y testigo taciturno, era sometido a un interrogatorio intenso.

Eso lo alegraba. Una vez que acabó de convencer a M. Formerie de que no había participado en el asesinato del barón Altenheim, confesó al juez de instrucción fechorías absolutamente imaginarias, y las investigaciones que M. Formerie ordenó enseguida condujeron a resultados alucinantes y malentendidos escandalosos en los que el público reconoció el estilo personal de ese gran maestro de la ironía que era Lupin.

Pequeños juegos inocentes, como él decía. ¿No era preciso divertirse?

Pero la hora de las ocupaciones más serias se aproximaba. Al quinto día, Arsène Lupin advirtió la señal convenida sobre el paquete que le llevaron: la marca de una uña a través de la segunda hoja.

—Al fin —dijo—, es la hora.

Sacó de un escondite un frasquito minúsculo, lo destapó, humedeció la punta del índice con el líquido que contenía y pasó el dedo sobre la tercera hoja del paquete.

Al cabo de un momento surgieron trazos, luego letras, luego palabras y frases.

Leyó:

Todo va bien. Steinweg libre. Se oculta en provincia. Geneviève
Ernemont con buena salud. Visita seguido el hotel Bristol, ve a
Mme. Kesselbach, quien está enferma. Ahí encuentra siempre
a Pierre Leduc. Responda por mismo medio. Ningún peligro.

De esta manera se estableció la comunicación con el exterior.
Una vez más, los esfuerzos de Lupin eran coronados por el éxito. Ahora, no tenía más que ejecutar su plan, hacer valer las
confidencias del viejo Steinweg y conquistar su libertad mediante uno de los planes más extraordinarios y geniales que
hubieran germinado en su cerebro.

Tres días más tarde, aparecían en el *Grand Journal* estas breves líneas:

Aparte de las memorias de Bismarck que, según la gente bien in-
formada, no contienen más que la historia oficial de los eventos
en los que estuvo mezclado el gran Canciller, existe una serie de
cartas confidenciales de considerable interés.

Estas cartas han sido encontradas. Sabemos de buena fuente
que se publicarán muy pronto.

Se recordará el escándalo que provocó en el mundo entero esta
nota enigmática, los comentarios que generó, las hipótesis emiti-
das y, en particular, las polémicas de la prensa alemana. ¿Quién
había inspirado esas líneas? ¿De qué cartas se trataba? ¿Qué personas las habían escrito al Canciller o quién las había recibido
de él? ¿Era una venganza póstuma o bien una indiscreción cometida por alguien con quien Bismarck tenía una relación epis-
tolar?

Una segunda nota llamó la atención de la opinión en ciertos puntos, pero con un extraño enfoque.

Estaba redactada así:

Palacio de la *Santé*, celda 14, segunda división.

Señor director del *Grand Journal*:

Ha publicado usted en su número del martes pasado una gacetilla redactada con algunas palabras que se me escaparon la otra tarde en el curso de una conferencia que sostuve en la *Santé* sobre política extranjera.

Esa gacetilla, verídica en sus partes esenciales, necesita, sin embargo, una pequeña rectificación. Las cartas existen y nadie puede discutir su excepcional importancia, puesto que desde hace diez años son objeto de búsquedas ininterrumpidas por parte del gobierno interesado. Pero nadie sabe dónde están y nadie conoce una sola palabra de lo que contienen.

El público, estoy seguro, no me culpará por hacerlo esperar antes de satisfacer su legítima curiosidad. Aparte de que no tengo en mis manos todos los elementos necesarios para la búsqueda de la verdad, mis ocupaciones actuales no me permiten en modo alguno consagrar a este asunto el tiempo que yo quisiera.

Todo lo que puedo decir, por el momento, es que estas cartas fueron confiadas por el moribundo a uno de sus amigos más fieles y que ese amigo tuvo que sufrir, por consiguiente, las pesadas consecuencias de su devoción. Espionaje, investigaciones domiciliarias, se le sometió a todo.

He dado orden a los dos mejores agentes de mi policía secreta para que retomen la pista desde el comienzo y no dudo que, a más tardar en dos días, estaré en condiciones de desentrañar este apasionante misterio.

Arsène Lupin

De este modo, ¡era Arsène Lupin quien dirigía el asunto! Era él quien, desde el fondo de su prisión, ponía en escena la comedia o la tragedia anunciada en la primera nota. ¡Qué aventura! ¡Qué regocijo! Con un artista como él, el espectáculo no podía carecer de lo pintoresco y lo imprevisible.

Tres días más tarde, se leía en el *Grand Journal*:

Conozco ya el nombre del devoto amigo al que hice alusión. Se trata del gran duque Hermann III, príncipe reinante (aunque desposeído) del gran ducado de Deux-Ponts-Veldenz y confidente de Bismarck, de cuya completa amistad gozaba.

El Conde W, acompañado de doce hombres, hizo un registro de su domicilio. El resultado de dicho registro fue negativo, pero quedó establecida la prueba de que el gran duque estaba en posesión de los documentos.

¿Dónde los había escondido? Es una cuestión que probablemente nadie en el mundo sabría resolver en la hora actual.

Pido veinticuatro horas de plazo para resolverla.

Arsène Lupin

De hecho, veinticuatro horas después, la nota prometida apareció.

Las famosas cartas están ocultas en el castillo feudal de Veldenz, cabecera del gran ducado de Deux-Ponts, castillo en parte devastado en el curso del siglo XIX.

¿En qué lugar exacto y de qué tratan esas cartas? Estos son los dos problemas que intento descifrar y cuya solución expondré dentro de cuatro días.

Arsène Lupin

El día anunciado, la gente se arrebataba el *Grand Journal*. Para decepción de todos, la información prometida no estaba. Al día siguiente, el mismo silencio, y al siguiente, igual.

¿Qué había ocurrido?

Se supo por una indiscreción cometida en la prefectura de policía.

El director de la *Santé* había sido advertido, al parecer, de que Lupin se comunicaba con sus cómplices gracias a los paquetes de sobres que confeccionaba. No se había podido descubrir nada, pero, en todo caso, se había prohibido todo trabajo al insoportable detenido.

A lo cual, el insoportable detenido había replicado:

—Puesto que ya no tengo nada que hacer, voy a ocuparme de mi juicio. Que se avise a mi abogado, Quimbel, presidente del Colegio de Abogados.

Era cierto, Lupin, que hasta entonces había rechazado toda conversación con el abogado Quimbel, aceptó recibirlo y preparar su defensa.

II

Al día siguiente, contento por el cambio de actitud de su cliente, el abogado Quimbel solicitó que llevaran a Lupin al locutorio de los abogados. Era un hombre mayor, que llevaba lentes cuyos gruesos cristales le hacían los ojos enormes. Colocó su sombrero sobre la mesa, instaló su portafolios y formuló enseguida una serie de preguntas que llevaba preparadas cuidadosamente.

Lupin las respondió con extrema complacencia, perdiéndose incluso en una infinidad de detalles que el abogado Quimbel anotaba en unas fichas sujetas entre sí.

—Entonces —retomó el abogado, con la cabeza inclinada sobre el papel—, dice usted que en esa época...

—Digo que en esa época —replicó Lupin.

Imperceptiblemente, con pequeños gestos completamente naturales, Lupin había acomodado los codos sobre la mesa. Bajó el brazo poco a poco, deslizó la mano bajo el sombrero del abogado Quimbel, introdujo un dedo en el interior de cuero y tomó una de esas bandas de papel doblado a lo largo que se insertan entre el cuero y el pliegue, cuando el sombrero es muy grande.

Desplegó el papel. Era un mensaje de Doudeville, redactado en la forma convenida:

> Estoy contratado como ayuda de cámara en casa del abogado Quimbel. Puede responderme sin temor por esta misma vía.
>
> Fue L. M., el asesino, quien denunció el secreto de los sobres. ¡Por suerte usted había previsto el golpe!

Seguía un resumen minucioso de todos los hechos y comentarios suscitados por las divulgaciones de Lupin.

Lupin sacó de su bolsillo una tira de papel similar que contenía sus instrucciones; la sustituyó con cuidado por la otra y retiró la mano. La partida estaba jugada y la correspondencia de Lupin con el *Grand Journal* se reanudó sin tardanza:

> Me disculpo ante el público por haber faltado a mi promesa. El servicio postal del Palacio de la *Santé* es deplorable.
>
> Por lo demás, estamos llegando al final. Tengo a mano todos los documentos que establecen la verdad sobre bases indiscutibles. Esperaré para publicarlos. Que se sepa, sin embargo, esto: entre esas cartas las hay que fueron dirigidas al canciller por aquel que se declaraba entonces su discípulo y admirador y que, años más tarde, se libraría de su molesto tutor y gobernaría por sí mismo.
>
> ¿Soy lo suficientemente claro?

Al día siguiente:

> Estas cartas fueron escritas durante la enfermedad del último emperador. ¿Bastará esto para señalar toda su importancia?

Cuatro días de silencio; luego, una última nota cuyo impacto no se ha olvidado:

Mi investigación ha terminado. Ahora ya lo sé todo. A fuerza de reflexionar, he adivinado el secreto del escondite.

Mis amigos van a dirigirse a Veldenz y, pese a todos los obstáculos, penetrarán en el castillo por una entrada que yo les indicaré.

Los periódicos publicarán entonces la fotografía de esas cartas cuyo contenido ya conozco, pero que quiero reproducir en su texto íntegro.

Esta publicación segura, inevitable, tendrá lugar en dos semanas, día por día, el 22 de agosto próximo.

Hasta entonces, guardo silencio... y espero.

En efecto, las declaraciones en el *Grand Journal* se interrumpieron, pero Lupin no cesó la correspondencia con sus amigos, por vía del «sombrero», como decían entre ellos. ¡Era tan simple! Ningún peligro. ¿Quién hubiera previsto que el sombrero del abogado Quimbel le servía a Lupin de buzón?

Cada dos o tres días, en cada visita matinal, el célebre abogado llevaba fielmente el correo de su cliente: cartas de París, de provincia, de Alemania, todo ello reducido, condensado por Doudeville en fórmulas breves y lenguaje cifrado.

Una hora después, el abogado Quimbel llevaba de vuelta las órdenes de Lupin.

Ahora bien, un día, el director de la *Santé* recibió un mensaje telefónico firmado por L. M., en el que le avisaba que con toda probabilidad el abogado Quimbel debía servirle a Lupin inconscientemente de cartero y que sería de interés vigilar las visitas del buen hombre.

El director advirtió al abogado Quimbel, quien resolvió entonces hacerse acompañar por su secretario.

Así pues, una vez más, a pesar de todos los esfuerzos de Lupin, a pesar de la fecundidad de su inventiva, a pesar de los milagros de ingenio que renovaba después de cada derrota, Lupin se vio de nuevo separado del mundo exterior por el genio infernal de su formidable adversario.

Se vio alejado en el instante más crítico, en el minuto solemne en el que, desde el fondo de su celda, jugaba su última carta de triunfo contra las fuerzas aliadas que lo abrumaban de manera tan terrible.

El 13 de agosto, en cuanto se sentó frente a los dos abogados, un periódico que envolvía unos papeles del abogado Quimbel atrajo su atención. El título en grandes caracteres decía «813»; el subtítulo: «Un nuevo asesinato. Confusión en Alemania. ¿Habrá sido descubierto el secreto de Apoon?».

Lupin palideció de angustia. Debajo del subtítulo leyó estas palabras:

Dos despachos sensacionales nos llegan de última hora.

Se encontró cerca de Augsburgo el cadáver de un anciano degollado con un cuchillo. Su identidad pudo ser establecida: es el señor Steinweg, mencionado en el asunto Kesselbach.

Por otra parte, nos telegrafían que el famoso detective inglés Herlock Sholmès ha sido convocado con premura en Colonia. Se encontrará con el emperador y de allí ambos se dirigirán al castillo de Veldenz.

Herlock Sholmès habría aceptado el compromiso de descubrir el secreto de Apoon.

Si lo consigue, será el fracaso despiadado de la incomprensible campaña que Arsène Lupin dirige de forma tan extraña desde hace un mes.

III

Quizá nada antes que el duelo anunciado entre Sholmès y Lupin había causado tanto revuelo en la curiosidad pública; un duelo invisible debido a las circunstancias, incluso podría decirse anónimo, pero impresionante por todo el escándalo que se produjo en torno a la aventura y por el reto que se disputaban los dos enemigos irreconciliables, enfrentados una vez más.

Y no se trataba de pequeños intereses particulares, de insignificantes robos, de miserables pasiones individuales, sino de un asunto verdaderamente mundial, donde la política de tres grandes naciones de Occidente estaba comprometida y podría perturbar la paz universal.

La gente esperaba con ansias, aunque no supiera con exactitud qué esperaba. Porque, en suma, si el detective salía vencedor del duelo, si encontraba las cartas, ¿quién lo sabría? ¿Qué prueba se tendría de su triunfo?

En el fondo, todos esperaban de Lupin su conocido hábito de tomar al público como testigo de sus actos. ¿Qué iba a hacer? ¿Cómo podría evitar el espantoso peligro que lo amenazaba? ¿Lo conocía siquiera?

He aquí las preguntas que se planteaban.

Entre los cuatro muros de su celda, el detenido número catorce se hacía más o menos las mismas preguntas y no le estimulaba una vana curiosidad, sino una inquietud real, una angustia constante.

Se sentía irrevocablemente solo, impotente: una voluntad estéril y un cerebro inútil. Que fuera hábil, ingenioso, intrépido, heroico, eso no servía de nada. La lucha proseguía al margen de él. Ahora su papel había terminado. Había ensamblado las piezas y estirado todos los resortes de la gran máquina que debía producir, que debía de algún modo fabricar mecánicamente su libertad; y le era imposible hacer ningún gesto para perfeccionar y vigilar su obra.

El desenlace tendría lugar en una fecha determinada. Hasta entonces, podían surgir mil incidentes adversos, levantarse mil obstáculos, sin que él tuviera los medios de combatir esos contratiempos ni de allanar esos inconvenientes.

Lupin conoció entonces las horas más dolorosas de su vida. Dudó de sí mismo. Se preguntó si su existencia no quedaría enterrada en el horror de la cárcel.

¿No se habría equivocado en sus cálculos? ¿No era acaso infantil creer que, en la fecha fijada, se produciría el acontecimiento liberador?

«¡Qué locura!», exclamaba. «Mi razonamiento es falaz. ¿Cómo admitir tal combinación de circunstancias? Habrá algún pequeño hecho que lo destruirá todo... el grano de arena».

La muerte de Steinweg y la desaparición de los documentos que el anciano debía enviarle no le turbaban en absoluto.

Le habría sido posible, de ser necesario, prescindir de los documentos, y con las pocas palabras que Steinweg le había dicho, podría, a fuerza de adivinación y genio, reconstruir el contenido de las cartas del emperador, y trazar el plan de batalla que le daría la victoria. Pero pensaba en Herlock Sholmès, que estaba allá, en el centro mismo del campo de batalla y que buscaría y encontraría las cartas, demoliendo así el edificio tan pacientemente construido.

Y pensaba en el *otro*, en el enemigo implacable, emboscado en torno a la prisión, quizá oculto en su interior y que adivinaba sus planes más secretos, incluso antes de que hubieran brotado en el misterio de su pensamiento.

17 de agosto... 18 de agosto... 19... ¡Aún faltaban dos días! ¡Más bien dos siglos! ¡Oh, qué interminables minutos! Tan

tranquilo de ordinario, tan dueño de sí, con tanto ingenio para divertirse, Lupin estaba febril, por turnos exuberante y deprimido, sin fuerza contra el enemigo, desconfiando de todos, taciturno.

Era el 20 de agosto. Hubiera querido actuar y no podía. Sin importar lo que hiciera, le era imposible adelantar la hora del desenlace. Ese desenlace tendría lugar o no, pero Lupin no tendría certeza antes de que la última hora del último día hubiera transcurrido hasta su último minuto. Solamente entonces conocería el fracaso definitivo de su plan.

—Fracaso inevitable. —No cesaba de repetir—. El éxito depende de circunstancias demasiado sutiles y no puede obtenerse salvo por medios demasiado psicológicos. Sin duda me engaño sobre el valor y el alcance de mis armas. Sin embargo...

Le volvía la esperanza. Sopesaba sus posibilidades. De repente le parecían reales y formidables. El hecho se produciría como él había previsto y por las mismas razones con las que había contado. Era inevitable.

Sí, inevitable. A menos que Sholmès encontrase el escondite. Y de nuevo pensaba en Sholmès y un inmenso desaliento lo abrumaba una vez más.

Era el último día. Se despertó tarde, tras una noche de pesadillas. No vio a nadie ese día, ni al juez de instrucción ni a su abogado.

La tarde avanzó, lenta y lúgubre, y llegó la noche, la noche tenebrosa de las celdas. Tenía fiebre, el corazón danzaba en su pecho como una bestia enloquecida.

Los minutos pasaban irreparables.

A las nueve, nada.

A las diez, nada.

Con los nervios tensos como las cuerdas de un arco de violín, escuchaba los ruidos indistintos de la prisión y trataba de captar a través de esos muros inexorables todo lo que pudiera brotar de la vida exterior.

¡Oh!, ¡cómo hubiera querido detener la marcha del tiempo y dejarle al destino un poco más de ocio! Pero, ¿de qué serviría? ¿Acaso no había terminado todo?

—¡Ah! —exclamó—. Me estoy volviendo loco. ¡Que se acabe todo esto! Sería mejor. Empezaría de nuevo. Intentaría otra cosa, pero ya no puedo más, ya no puedo más.

Se llevaba las manos a la cabeza, apretando con todas sus fuerzas; se encerraba en sí mismo y concentraba todo su pensamiento en un solo objeto, como si quisiera creer en el acontecimiento formidable, asombroso, *inadmisible*, al cual había ligado su independencia y su fortuna.

—Es preciso que todo eso ocurra —murmuraba—, es preciso, no porque yo lo quiera, sino porque es lógico. Y así será, así será.

Se golpeó la cabeza con los puños y de sus labios brotaron palabras de delirio.

La cerradura crujió. En su furia no había escuchado el ruido de pasos en el corredor, y he aquí que de pronto un rayo de luz penetró en su celda y la puerta se abrió.

Entraron tres hombres.

Lupin no tuvo ni un instante de sorpresa.

El increíble milagro se producía y esto le pareció inmediatamente natural, normal, en perfecta concordancia con la verdad y la justicia.

Pero lo inundó un torrente de orgullo. En ese minuto tuvo la sensación clara de su fuerza y de su inteligencia.

—¿Debo encender la luz? —preguntó uno de los tres hombres, en quien Lupin reconoció al director de la prisión.

—No —respondió el más grande de sus compañeros, con acento extranjero—. Esta linterna basta.

—¿Debo marcharme?

—Haga según su deber, señor —declaró el mismo individuo.

—De acuerdo con las instrucciones que me ha dado el prefecto de policía, debo atenerme enteramente a sus deseos.

—En ese caso, señor, es preferible que se retire.

M. Borély salió dejando la puerta entreabierta y permaneció afuera, donde podía escuchar.

El visitante habló un momento con el que aún no había hablado, y Lupin trató en vano de distinguir sus fisonomías en las sombras. No veía más que siluetas negras, vestidas con amplios abrigos de automovilista y tocados con gorras con las viseras bajas.

—¿Es usted Arsène Lupin? —dijo el hombre, proyectándole en pleno rostro la luz de la linterna.

Sonrió.

—Sí, yo soy el llamado Arsène Lupin, actualmente detenido en la *Santé*, celda catorce, segunda división.

—Es usted —continuó el visitante— quien ha publicado en el *Grand Journal* una serie de notas más o menos fantasiosas que tratan de unas supuestas cartas.

Lupin le interrumpió:

—Perdón, señor, pero antes de continuar esta entrevista cuya finalidad, le digo francamente, no me parece muy clara, le quedaría muy agradecido si me dijera con quién tengo el honor de hablar.

—Absolutamente inútil —replicó el extranjero.

—Absolutamente indispensable —afirmó Lupin.

—¿Por qué?

—Por una cuestión de cortesía, señor. Usted sabe mi nombre, yo no sé el suyo; hay en esto una falta de decoro que no puedo soportar.

El extranjero se impacientó.

—El solo hecho de que el director de esta prisión nos haya permitido la entrada prueba...

—Que M. Borély ignora las convenciones —interrumpió Lupin—. M. Borély debió presentarnos. Estamos aquí juntos, señor. No hay un superior y un subordinado, un prisionero y un visitante que condescienda a verlo. Hay dos hombres, y uno de estos hombres tiene un sombrero en la cabeza que no debería tener.

—¡Ah! Eso, pero...

—Tome la lección como le plazca, señor —dijo Lupin.

El extranjero se aproximó y quiso hablar.

—Primero el sombrero —repitió Lupin—. El sombrero.

—¡Escúcheme!

—No.

—Sí.

—No.

Las cosas empeoraban de manera estúpida. El desconocido, que había permanecido callado, puso la mano sobre el hombro de su compañero y le dijo en alemán:

—Déjame a mí.

—¡Cómo! Habíamos dicho...

—Cállate y vete.

—¡Que lo deje solo!

—Sí.

—Pero, ¿y la puerta?

—La cerrarás y te alejarás.

—Pero este hombre... Usted lo conoce, Arsène Lupin...

—Vete.

El otro salió refunfuñando.

—¡Cierra la puerta! —gritó el segundo visitante—. Más. Por completo. Bien.

Entonces volteó, tomó la linterna y la levantó poco a poco.

—¿Debo decirle quién soy? —preguntó.

—No —replicó Lupin.

—¿Y por qué no?

—Porque ya lo sé.

—¡Ah!

—Usted es a quien yo esperaba.

—¡Yo!

—Sí, señor.

IV

CARLOMAGNO

UNO

—¡Silencio! —exclamó el desconocido con vehemencia—. No pronuncie esa palabra.

—¿Cómo debo llamarlo?

—Con ningún nombre.

Ambos callaron; ese momento de tregua no era de los que preceden la lucha entre dos adversarios prestos a combatir. El extranjero iba y venía como un amo que tiene la costumbre de mandar y ser obedecido. Inmóvil, Lupin ya no tenía su actitud habitual de provocación ni la sonrisa irónica; esperaba serio, deferente. Pero en el fondo de su ser disfrutaba en extremo la prodigiosa situación en la que se encontraba: en aquella prisión él, el detenido, el aventurero, el estafador y el ladrón; él, Arsène Lupin, y frente a él, aquel semidiós del mundo moderno, ser formidable, heredero de César y de Carlomagno.

Su propio poder lo embriagó por un momento. Sus ojos se llenaron de lágrimas al pensar en su triunfo.

El desconocido se detuvo. Enseguida, desde la primera frase, llegó al corazón de la cuestión.

—Mañana es 22 de agosto. Las cartas deben publicarse mañana, ¿no es así?

—Esta misma noche. Dentro de dos horas, mis amigos deberán depositar en el *Grand Journal*, no aún las cartas, sino la lista exacta de esas cartas, redactada por el gran duque Hermann.

—Esa lista no será entregada.

—No lo será.

—Usted me la dará.

—Será puesta en manos de Su..., en sus manos.

—Así como todas las cartas.

—Así como todas las cartas.

—Sin que ninguna haya sido fotografiada.

—Sin que ninguna haya sido fotografiada.

El extranjero hablaba con voz tranquila, en la que no había ni el menor acento de súplica, pero tampoco la menor inflexión de autoridad. Él no ordenaba ni cuestionaba: enunciaba los actos inevitables de Arsène Lupin. Tenía que ser así. Y sería así, cualesquiera que fueran las exigencias de Arsène Lupin, y cualquiera que fuera el precio que fijara para el cumplimiento de esos actos. De antemano, las condiciones estaban aceptadas.

«Caray», se dijo Lupin. «Estoy tratando con alguien muy poderoso. Si apela a mi generosidad, estoy perdido».

La forma en que se inició la conversación, la franqueza de las palabras, la seducción de la voz y los modales, todo le agradó en extremo.

Se irguió para no verse débil y no renunciar a todas las ventajas que había conquistado con tanto esfuerzo.

El extranjero prosiguió:

—¿Ha leído usted esas cartas?

—No.

—Pero, ¿alguno de los suyos las ha leído?

—No.

—¿Entonces?

—Entonces, yo tengo la lista y las anotaciones del gran duque. Además, conozco el escondite donde él puso todos sus documentos.

—¿Por qué no las ha recogido aún?

—No conocí el secreto del escondite sino hasta después de mi estadía aquí. Actualmente mis amigos van en camino.

—El castillo está resguardado; lo ocupan doscientos de mis hombres más confiables.

—Diez mil no serían suficientes.

Después de un momento de reflexión, el visitante preguntó:

—¿Cómo conoce el secreto?

—Lo he adivinado.

—Pero, ¿tiene usted otras informaciones, elementos que no hayan publicado los diarios?

—Nada.

—Sin embargo, bajo mis órdenes ya llevan cuatro días registrando el castillo...

—Herlock Sholmès ha buscado mal.

—¡Ah! —dijo el extranjero para sí mismo—. Es extraño... Es extraño... ¿Y está seguro de que su suposición es correcta?

—No es una suposición, es una certeza.

—Muy bien, muy bien —murmuró él—. Solo habrá paz cuando esos papeles ya no existan.

De pronto, se colocó frente a Arsène Lupin y preguntó:

—¿Cuánto?

—¿Qué? —exclamó Lupin, sorprendido.

—¿Cuánto por los papeles? ¿Cuánto por el secreto?

Esperaba una cifra. Él mismo la propuso:

—¿Cincuenta mil, cien mil?

Como Lupin no respondía, preguntó titubeando:

—¿Más? ¿Doscientos mil? De acuerdo. Acepto.

Lupin sonrió y dijo en voz baja:

—La cifra es atractiva. Pero ¿acaso no es probable que un monarca, digamos el rey de Inglaterra, se decantaría por un millón? Seamos sinceros.

—Sí, lo creo.

—¿Y que esas cartas, para el emperador, no tienen precio, que bien valen dos millones más que doscientos mil francos o bien tres millones más que dos millones?

—Sí, lo pienso.

—¿Y que, si fuera necesario, el emperador daría esos tres millones?

—Sí.

—Entonces el acuerdo será fácil.

—¿Sobre esa base? —exclamó el extranjero, no sin inquietud.

—Sobre esa base, no. Yo no busco dinero. Es otra cosa lo que deseo, otra cosa que para mí vale mucho más que los millones.

—¿Qué?

—La libertad.

El extranjero se sobresaltó.

—¡Cómo!, ¿su libertad? Pero yo no puedo hacer nada. Eso concierne a su país, a la justicia; yo no tengo poder alguno.

Lupin se acercó, y bajó aún más la voz:

—Usted tiene todo el poder, señor. Mi libertad no es un acontecimiento tan excepcional como para que se lo nieguen.

—¿Sería preciso, entonces, que yo la solicitara?

—Sí.

—¿A quién?

—A Valenglay, presidente del Consejo de Ministros.

—Pero ni el mismo Valenglay puede hacer más que yo.

—Él puede abrirme las puertas de esta prisión.

—Eso sería un escándalo.

—Cuando yo digo abrir, me refiero a que bastaría con entreabrirlas; simularía una fuga que el público espera tanto, que no se exigiría ninguna rendición de cuentas.

—Entiendo. Pero M. Valenglay jamás lo consentirá.

—Consentirá.

—¿Por qué?

—Porque usted le manifestará ese deseo.

—Mis deseos no son órdenes para él.

—No, pero será una ocasión de agradar al emperador al hacerlo. Valenglay es demasiado político.

—Vamos, pues, ¿usted cree que el gobierno francés va a cometer un acto tan arbitrario solo por agradarme?

—Ese placer no será el único.

—¿Cuál será el otro?

—El placer de servir a Francia al aceptar la proposición que acompañará a la petición de libertad.

—¿Yo haría una proposición?

—Sí, señor.

—¿Cuál?

—No lo sé, pero me parece que existe siempre un terreno favorable para entenderse. Hay posibilidades de acuerdo.

El extranjero lo miraba sin comprender. Lupin se inclinó hacia él como si buscara las palabras, como si imaginara una hipótesis.

—Supongamos que dos países están divididos por una cuestión insignificante, que tienen un punto de vista diferente sobre un asunto secundario, un asunto colonial, por ejemplo, en el que está en juego el amor propio más que sus intereses. ¿Sería imposible que el jefe de uno de esos países llegue por sí mismo a tratar ese asunto con un nuevo espíritu de conciliación? Y que diera las instrucciones necesarias para...

—¿Para que yo le deje Marruecos a Francia? —dijo el extranjero, lanzando una carcajada.

La idea que sugería Lupin le parecía la cosa más cómica del mundo y por ello reía de buena gana. ¡Existía tal desproporción entre el objetivo a alcanzar y los medios ofrecidos!

—Claro, claro —retomó el extranjero, esforzándose en vano por recobrar la seriedad—. La idea sin duda es original. Toda la política moderna trastornada para que Arsène Lupin quede libre. Los objetivos del Imperio destruidos para permitir que Arsène Lupin continúe con sus fechorías. No, pero ¿por qué no me pide Alsacia y Lorena?

—Ya lo pensé, señor —dijo Lupin.

El júbilo del extranjero aumentó.

—Admirable. ¿Y usted me ha concedido la gracia de desistir de ello?

—Por esta vez, sí.

Lupin se había cruzado de brazos. Él también se divertía exagerando su papel, y continuó con afectada seriedad:

—Un día podría producirse una serie de circunstancias tales que yo tenga entre las manos el poder de *reclamar* y de *obtener* esa restitución. Y sin duda no dejaría pasar ese día. Por el momento, las armas de que dispongo me obligan a ser más modesto. La paz de Marruecos me basta.

—¿Nada más que eso?

—Nada más que eso.

—¿Marruecos a cambio de su libertad?

—Nada más... o más bien, porque no hay que perder de vista el motivo mismo de esta conversación o, mejor aún, un poco de buena voluntad por parte de uno de los dos grandes países en cuestión; y a cambio de eso, las cartas que están en mi poder.

—¡Esas cartas!, ¡esas cartas! —murmuró el extranjero con irritación—. Después de todo, quizá su valor no sea...

—Son de su puño y letra, señor, y usted les ha atribuido valor suficiente como para venir a verme a esta celda.

—¡Y bien!, ¿qué importa?

—Pero es que hay otras cuya procedencia usted desconoce y sobre las cuales puedo proporcionarle alguna información.

—¡Ah! —respondió el extranjero con aire inquieto.

Lupin dudó.

—Hable, hable sin rodeos —ordenó el extranjero—. Hable claramente.

En el silencio profundo, Lupin declaró con cierta solemnidad:

—Hace veinte años se elaboró un proyecto de tratado entre Alemania, Inglaterra y Francia.

—Eso es falso. Es imposible. ¿Quién hubiera podido?

—El padre del emperador actual y la reina de Inglaterra, su abuela, ambos bajo la influencia de la emperatriz.

—¡Imposible! ¡Repito que eso es imposible!

—La correspondencia está en el escondite del castillo de Veldenz, del cual solo yo conozco el secreto.

El extranjero iba y venía agitado.

Se detuvo y dijo:

—¿El texto del tratado forma parte de esa correspondencia?

—Sí, señor, y está escrito de puño y letra de su padre.

—Y ¿qué dice?

—Por ese tratado, Inglaterra y Francia concedían y prometían a Alemania un imperio colonial inmenso, un imperio que no tiene y que hoy le es indispensable para asegurar su grandeza.

—Y a cambio de ese imperio, ¿qué exigía Inglaterra?

—La limitación de la flota alemana.

—¿Y Francia?

—Alsacia y Lorena.

El emperador calló, apoyándose contra la mesa, pensativo.

Lupin prosiguió:

—Todo estaba listo. Los gobiernos de París y de Londres se acercaron y dieron su consentimiento. Era cosa hecha. El gran tratado de alianza iba a concluirse, fundando así una paz universal y definitiva. La muerte de su padre aniquiló ese bello sueño. Pero yo pregunto a su majestad: ¿qué pensará su pueblo y qué pensará el mundo cuando sepa que Federico III, uno de los héroes de 1870, un alemán, un alemán de sangre pura, respetado por todos sus conciudadanos e incluso por sus enemigos, aceptaba y, por consiguiente, consideraba como justa la restitución de Alsacia y Lorena?

Calló un instante, dejando al problema plantearse en términos precisos ante la conciencia del emperador; ante la conciencia del hombre, del hijo y del soberano.

Luego concluyó:

—Corresponde a su majestad saber si quiere o si no quiere que la historia registre ese tratado. En cuanto a mí, señor, usted ve que mi humilde personalidad no tiene mucho lugar en ese debate.

Un largo silencio siguió a las palabras de Lupin. Él esperaba con el alma angustiada. Era su destino lo que se jugaba en ese minuto que él había concebido, que había de alguna forma traído al mundo con tantos esfuerzos y tanta obstinación. Un minuto histórico nacido de su cerebro y en el que su «humilde personalidad», sin importar lo que dijeran, pesaba con fuerza sobre la suerte de los imperios y sobre la paz del mundo.

Frente a él, en la sombra, César meditaba.

¿Qué diría? ¿Cómo solucionaría el problema?

Caminó por la celda durante algunos instantes que a Lupin le parecieron interminables. Luego se detuvo y dijo:

—¿Hay otras condiciones?

—Sí, señor, pero insignificantes.

—¿Cuáles son?

—He encontrado al hijo del gran duque de Deux-Ponts-Veldenz. El gran ducado le será devuelto.

—¿Algo más?

—Ama a una joven, que lo ama a su vez, la más bella y más virtuosa de las mujeres. Él desposará a esa joven.

—¿Algo más?

—Eso es todo.

—¿No hay nada más?

—Nada. Su majestad no tiene más que llevar esta carta

al director del *Grand Journal* para que destruya, sin leerlo, el artículo que va a recibir de un momento a otro.

Lupin le tendió la carta, con el corazón angustiado y la mano temblorosa. Si el emperador la tomaba sería la señal de su aceptación. El emperador dudó y luego, furioso, tomó la carta, se puso el sombrero, se envolvió en su capa y salió sin decir una sola una palabra.

Lupin permaneció durante unos segundos tambaleante, como aturdido. Luego, de pronto, se dejó caer sobre la silla lleno de alegría y orgullo.

II

—Señor juez de instrucción, lamento tener que despedirme hoy de usted.

—¿Cómo, señor Lupin?, ¿tiene la intención de abandonarnos?

—De mala gana, señor juez de instrucción, créame, puesto que nuestras relaciones eran de una cordialidad encantadora. Pero no hay placer sin fin. Mi cura de salud en el Palacio de la *Santé* ha terminado. Otros deberes me reclaman. Es preciso que me escape esta noche.

—Buena suerte entonces, señor Lupin.

—Se lo agradezco, señor juez de instrucción.

Arsène Lupin esperó pacientemente la hora de su fuga, no sin preguntarse cómo se efectuaría y por qué medios Francia y Alemania, unidas por aquella obra meritoria, la ejecutarían sin mucho escándalo.

A media tarde, el guardia le ordenó acudir al patio de la entrada. Se apresuró a llegar y encontró al director, quien lo puso en manos de Weber. Weber lo hizo subir a un automóvil en el que ya alguien había tomado asiento.

Enseguida, Lupin tuvo un ataque de risa.

—¡Cómo! ¡Eres tú, mi pobre Weber!, ¡es a ti a quien ha tocado la tarea! ¡Eres tú quien será responsable de mi fuga! ¡Admite que no tienes suerte! ¡Ah! Mi pobre viejo, qué inesperado inconveniente. Te hiciste famoso por mi arresto, ahora te harás inmortal con mi escape.

Miró al otro personaje.

—Vamos, señor prefecto de policía, ¿también usted está metido en este asunto? Qué mal regalo le han hecho, ¿cierto? Si me permite darle un consejo, quédese en el pasillo. ¡A Weber todo el honor! Le pertenece por derecho. ¡Este muchacho es resistente!

Avanzaron rápido a lo largo del Sena hasta que atravesaron el bosque de Bolonia y Saint-Cloud.

—¡Perfecto! —exclamó Lupin—. ¡Vamos a Garches! Me necesitan para reconstruir la muerte de Altenheim. Bajaremos a los subterráneos, yo desapareceré y se dirá que me esfumé por otra salida que solo yo conocía. ¡Dios!, ¡qué idiota!

Parecía desolado.

—Idiota, ¡de lo más idiota! Me sonrojo de vergüenza. ¡Y esta es la gente que nos gobierna! ¡Qué época! Desgraciados, debieron consultarme. Yo hubiera preparado una fuga perfecta, algo milagroso. ¡Es una de mis especialidades! El público habría vitoreado ante el prodigio y se hubiera estremecido de alegría. Pero en lugar de eso... En fin, cierto es que el asunto tomó a todos desprevenidos. Pero, de cualquier forma...

El plan se llevó a cabo como Lupin lo había previsto. Ingresaron por la casa de retiro hasta el pabellón Hortensia. Lupin y sus dos acompañantes bajaron y atravesaron el subterráneo. Al extremo, el subjefe le dijo:

—Está usted libre.

—Vaya —dijo Lupin—. No hay nada más inteligente que esto. Mi mayor agradecimiento, mi querido Weber, y mis disculpas por las molestias, señor prefecto, mis respetos a su señora.

Subió la escalera que conducía a la Villa de las Glicinias, levantó la escotilla y salió a la estancia.

Una mano cayó sobre su hombro.

Frente a él se encontraba su primer visitante de la víspera, aquel que acompañaba al emperador. Cuatro hombres lo flanqueaban a derecha e izquierda.

—¡Ah! —dijo Lupin—. Pero ¿qué broma es esta? ¿Entonces no estoy libre?

—Sí, sí —gruñó el alemán con voz ruda—. Usted está libre, libre de viajar con nosotros cinco, si así lo desea.

Lupin lo contempló un segundo, con el profundo deseo de enseñarle el valor de un puñetazo en la nariz.

Pero los cinco hombres parecían muy resueltos. Su jefe no le mostraba una ternura exagerada, y Lupin pensó que aquel grandulón estaría feliz de emplear medidas extremas. Además, después de todo, ¿qué le importaba?

Rio burlón:

—¿Si así lo deseo? ¡Ese era mi sueño!

En el patio esperaba una gran limusina. Dos hombres subieron adelante, otros dos en la parte trasera. Lupin y el extranjero se instalaron en el asiento del fondo.

—¡En marcha! —gritó Lupin en alemán—. En marcha, hacia Veldenz.

El conde le dijo:

—¡Silencio! Esta gente no debe saber nada. Hable francés, no comprenderán. Pero, ¿para qué hablar?

«En efecto, ¿para qué hablar?», se dijo Lupin.

Avanzaron sin incidentes durante toda la tarde y toda la noche. Dos veces cargaron gasolina en pequeños pueblos dormidos.

Los alemanes vigilaban a su prisionero por turnos, quien no abrió los ojos hasta el amanecer.

Se detuvieron para desayunar en un albergue situado sobre una colina, cerca de la cual había un letrero direccional. Lupin vio que se encontraban a la misma distancia de Metz y de Luxemburgo. Allí tomaron una carretera que doblaba hacia el noreste, por el lado de Tréveris.

Lupin dijo a su compañero de viaje:

—¿Es con el conde Waldemar con quien tengo el honor de hablar, el confidente del emperador, el que registró la casa de Hermann III en Dresde?

El extranjero permaneció mudo.

«Tú, jovencito, tienes un rostro que no me agrada. Ya me la pagarás un día u otro. Eres feo, eres gordo, eres imponente; en suma, me desagradas», pensó Lupin.

Y añadió en voz alta:

—El señor conde se equivoca al no responderme. Hablaba en su propio interés; mientras subíamos, vi un automóvil que aparecía detrás de nosotros en el horizonte. ¿Lo vio usted?

—No, ¿por qué?

—Por nada.

—Sin embargo...

—No, nada en absoluto, una simple observación. Además, tenemos diez minutos de ventaja y nuestro auto tiene por lo menos cuarenta caballos de fuerza.

—Sesenta —dijo el alemán, que lo observaba por el rabillo del ojo con inquietud.

—¡Oh!, entonces estamos tranquilos.

Escalaron una pequeña cuesta. En lo alto, el conde se inclinó hacia la ventanilla.

—¡Maldita sea! —exclamó.

—¿Qué? —dijo Lupin.

El conde se volvió hacia él con voz amenazadora.

—Tenga cuidado, si algo pasa, peor para usted.

—¡Eh, eh!, parece que el otro se acerca... Pero ¿qué teme usted, mi querido conde? Es sin duda un viajero, quizá incluso le envían ayuda.

—No necesito ayuda —gruñó el alemán.

Se inclinó de nuevo. El auto estaba a no más de doscientos o trescientos metros.

Dijo a sus hombres, señalándoles a Lupin:

—¡Hay que amarrarlo! Y si se resiste...

Sacó su revólver.

—¿Por qué resistirme, amable teutón? —bromeó Lupin. Y agregó mientras le ataban las manos—: Es verdaderamente curioso ver cómo la gente toma precauciones cuando es inútil, y, en cambio, no las toma cuando hace falta. ¿Qué diablos puede hacerles ese auto? ¿Mis cómplices? ¡Vaya idea!

Sin responder, el alemán dio órdenes al conductor:

—A la derecha... Baja la velocidad. Déjalos pasar. Si ellos también la reducen, frena.

Pero para su gran sorpresa, el auto pareció subir su velocidad. Como una tromba, los adelantó en una nube de polvo.

En la parte trasera del auto que estaba descubierta a medias, se distinguía un hombre vestido de negro que estaba de pie. Cuando levantó el brazo, sonaron dos disparos.

El conde, que ocupaba toda la puerta izquierda, se desplomó.

Antes incluso de ocuparse de él, los dos compañeros saltaron sobre Lupin y terminaron de atarlo.

—¡Idiotas! ¡Brutos! —gritó Lupin temblando de rabia—. Al contrario, necesito estar libre. ¡Vamos, deténganse! Pero, triples idiotas, hay que ir tras ellos, alcanzarlos; es el hombre de negro, el asesino. ¡Ah!, ¡imbéciles!

Lo amordazaron. Luego se ocuparon del conde. La herida no parecía grave, se la vendaron rápidamente. Pero el herido, conmocionado, sufrió un ataque de fiebre y empezó a delirar.

Eran las ocho de la mañana. Se encontraban en plena campiña, lejos de toda población. Los hombres no tenían indicación alguna sobre el motivo exacto del viaje. ¿Adónde irían? ¿A quién avisarían?

Detuvieron el auto en la orilla de un bosque y esperaron.

Así transcurrió todo el día. Fue al anochecer que un pelotón de caballería enviado desde Tréveris llegó en busca del automóvil.

Dos horas más tarde, Lupin bajaba de la limusina y, siempre escoltado por los dos alemanes, subía a la luz de una linterna los peldaños de una escalera que conducía a una pequeña estancia de ventanas con barrotes de hierro.

Allí pasó la noche.

A la mañana siguiente, un oficial lo condujo a través de un patio lleno de soldados, hasta el centro de una larga serie de edificios que rodeaban el pie de una colina donde se distinguían unas ruinas monumentales.

Lo llevaron a una amplia estancia amueblada con modestia. Sentado ante un escritorio, su visitante de dos días antes leía periódicos e informes, en los que marcaba gruesos trazos con un lápiz rojo.

—Que se nos deje a solas —dijo al oficial. Se acercó a Lupin y agregó—: los papeles.

El tono ya no era el mismo, ahora era imperioso y seco, el del amo en su casa que se dirige a un inferior ¡y qué inferior! Un estafador, un aventurero de la peor especie, ¡ante el cual se había visto obligado a humillarse!

—Los papeles —repitió.

Lupin no se inmutó. Dijo con calma:

—Se encuentran en el castillo de Veldenz.

—Estamos en los terrenos del castillo de Veldenz.

—Los papeles están en esas ruinas.

—Vamos. Guíeme.

Lupin no se movió.

—¿Y bien?

—¡Y bien! Señor, eso no es tan simple como usted cree. Se requiere algo de tiempo para poner en juego los elementos necesarios para la apertura del escondite.

—¿Cuántas horas requiere?

—Veinticuatro. —Rápidamente reprimió un gesto de cólera—. Ese no era nuestro trato.

—No se precisó nada, señor. Ni eso ni tampoco el viajecito que su majestad me hizo hacer entre seis guardias. Yo debo entregar los papeles, eso es todo.

—Y yo no debo darle su libertad sino a cambio de esos papeles.

—Cuestión de confianza, señor. Yo me hubiera creído igualmente comprometido a entregar esos papeles si hubiera quedado libre al salir de la prisión, y su majestad puede estar seguro de que no los tendría bajo el brazo. La única diferencia es que ya estarían en su poder, señor. Porque hemos perdido un día. Y en este asunto, un día es demasiado. Solo había que tener confianza.

El emperador miraba con cierto estupor a aquel hombre sin clase, aquel bandido que parecía ofendido porque se desconfiara de su palabra.

Sin responder, tocó un timbre.

—El oficial de servicio —ordenó.

El conde Waldemar apareció, muy pálido.

—¡Ah!, ¿eres tú, Waldemar?, ¿estás recuperado?

—A sus órdenes, señor.

—Lleva contigo cinco hombres, los mismos, puesto que estás seguro de ellos. No te separarás de este señor hasta mañana por la mañana.

Consultó su reloj.

—Hasta mañana a las diez. No, le doy hasta el mediodía. Tú irás a donde él quiera ir, harás lo que él te diga que hagas. En fin, estás a su disposición. Al mediodía me reuniré contigo. Si a la última campanada del mediodía no me ha entregado el paquete de cartas, lo volverás a subir en tu automóvil y, sin perder un segundo, lo llevarás de vuelta directo a la prisión de la *Santé*.

—¿Y si intenta escapar?

—Arréglatelas.

Salió.

Lupin tomó un cigarro de la mesa y se dejó caer sobre un sillón.

—¡En fin, ya era hora! Me gusta más esta forma de actuar. Es franca y categórica.

El conde había hecho entrar a sus hombres y le dijo a Lupin:

—En marcha.

Lupin encendió el cigarro y no se movió.

—Átenle las manos —dijo el conde.

Una vez que esa orden fue ejecutada, repitió:

—Vamos, en marcha.

—No.

—¿Cómo no?

—Estoy pensando.

—¿En qué?

—En el lugar donde puede encontrarse ese escondite.

El conde se sobresaltó.

—¡Cómo! ¿Lo ignora?

Lupin, en tono de sorna, respondió:

—Eso es lo más bonito de la aventura: no tengo la menor idea de dónde está el famoso escondite, ni los medios para descubrirlo. Oye, ¿qué me dices, mi querido Waldemar? ¿No es gracioso? No tengo ni la más mínima idea.

V

Las cartas del emperador

UNO

Las ruinas de Veldenz, bien conocidas por todos aquellos que visitan las orillas del Rin y del Mosela, comprenden los vestigios del antiguo castillo feudal, construido en 1277 por el arzobispo de Fistingen, y, junto a un enorme torreón destruido por las tropas de Turenne, se encontraban los muros intactos de un vasto palacio renacentista donde los grandes duques de Deux-Ponts habitaban desde hacía tres siglos.

Fue este palacio el que saquearon los súbditos sublevados de Hermann II. Las ventanas vacías se abrían en doscientos agujeros sobre las cuatro fachadas. Todo el artesonado, las cortinas y la mayor parte de los muebles habían sido quemados. Era necesario caminar sobre las vigas calcinadas de los pisos y el cielo aparecía de cuando en cuando a través de los techos demolidos.

Al cabo de dos horas, Lupin, seguido de su escolta, lo había recorrido todo.

—Estoy muy satisfecho de usted, mi querido conde. No creo haber tenido jamás un guía tan documentado y, lo que es raro, tan taciturno. Ahora, si usted gusta, vamos a almorzar.

En realidad, Lupin no sabía más que en un inicio, su desconcierto no hacía más que crecer. Para salir de la prisión e impresionar la imaginación de su visitante, había blofeado, aparentando saberlo todo, pero tenía que averiguar por dónde comenzaría a buscar.

«Esto va mal. No podría ir peor», se decía a veces.

Además, no tenía su lucidez habitual. Le obsesionaba una idea: el desconocido, el asesino, el monstruo que él sabía que le seguía los pasos.

¿Cómo es que aquel misterioso personaje le seguía la pista? ¿Cómo se había enterado de su salida de prisión y de su camino hacia Luxemburgo y Alemania? ¿Era por una milagrosa intuición? ¿O bien el resultado de información precisa? Pero, entonces, ¿a qué precio, por medio de qué promesas o amenazas lograba obtenerla?

Todas esas preguntas atormentaban el espíritu de Lupin.

Hacia las cuatro, sin embargo, después de una nueva caminata entre las ruinas en el curso de la cual Lupin había examinado inútilmente las piedras, medido el espesor de las murallas y analizado la forma y la apariencia de las cosas, preguntó al conde:

—¿No ha quedado algún sirviente del último gran duque que haya habitado el castillo?

—Todos los criados de esa época se han dispersado. Solo uno vivía en la región.

—¿Y bien?

—Murió hace dos años.

—¿Sin hijos?

—Tenía un hijo que se casó y al que corrieron, junto con su esposa, por conducta escandalosa. Dejaron aquí a la más joven de sus hijos, una niña llamada Isilda.

—¿Dónde vive ella?

—Vive aquí, al fondo de estos terrenos. El viejo abuelo servía de guía a los visitantes en la época en que se podía visitar el castillo. La pequeña Isilda desde entonces ha vivido siempre en estas ruinas, cosa que se le permite por lástima; es un pobre ser inocente que apenas si habla y que no sabe lo que dice.

—¿Siempre ha sido así?

—Parece que no. Fue hacia la edad de diez años que comenzó a perder la razón poco a poco.

—¿A consecuencia de una pena, de un susto?

—No, sin motivo, me han dicho. El padre era alcohólico y la madre se suicidó en un ataque de locura.

Lupin reflexionó y concluyó:

—Quisiera verla.

El conde respondió con una sonrisa bastante extraña.

—Puede verla, por supuesto.

Ella se encontraba precisamente en una de las habitaciones que le habían dejado.

A Lupin le sorprendió encontrar a una agradable criatura, demasiado delgada, demasiado pálida, pero casi hermosa, con cabello rubio y rostro delicado. Sus ojos verde agua tenían la expresión vaga y soñadora de los ojos de los ciegos.

Él le hizo algunas preguntas, a las que Isilda no respondió, y otras a las que respondió con frases incoherentes, como si no comprendiera ni el sentido de las palabras que se le dirigían ni de las palabras que ella pronunciaba.

Él insistió, tomándole la mano con mucha dulzura y preguntándole, con voz afectuosa, sobre la época en que ella aún conservaba la razón, sobre su abuelo, sobre los recuerdos que podía evocar en ella su vida de infancia, libre entre las majestuosas ruinas del castillo.

Ella callaba con los ojos fijos, impasible, emocionada quizá, pero sin que esa emoción pudiera despertar su inteligencia dormida.

Lupin pidió un lápiz y un papel. Con el lápiz escribió sobre la hoja blanca: «813».

El conde sonrió de nuevo.

—¡Ah!, ¿qué es lo que le hace reír? —exclamó Lupin, molesto.

—Nada, nada. Me interesa, me interesa mucho.

La joven miró la hoja que se le tendía delante y volteó la cabeza con aire distraído.

—Esto no da resultado —dijo el conde de modo irónico.

Lupin escribió las letras «Apoon».

La misma indolencia de Isilda.

No renunció a la prueba y trazó varias veces las mismas letras, aunque dejando cada vez entre ellas espacios que variaban. Y en cada ocasión espiaba el rostro de la joven.

Ella no se movía, los ojos fijos en el papel con una indiferencia que nada parecía alterar.

Pero de pronto, tomó el lápiz, arrancó la última hoja de manos de Lupin y, como si estuviera bajo un golpe de inspiración súbita, escribió dos *L* en medio de un espacio que Lupin había dejado.

Este se estremeció.

Se había formado una palabra: «Apollon».

Sin embargo, ella no había soltado el lápiz ni la hoja y con los dedos crispados, las facciones tensas, se esforzaba por someter a su mano a la orden titubeante de su pobre cerebro.

Lupin esperaba febril.

Ella escribió rápidamente, como alucinada, una palabra: «Diane».

—¡Otra palabra, otra palabra! —exclamó Lupin con violencia.

Ella enroscó los dedos en torno al lápiz, rompió la mina, dibujó con la punta una *J* grande y soltó el lápiz, ya sin fuerzas.

—¡Otra palabra! ¡Dámela! —ordenó Lupin, tomándola del brazo.

Pero él vio en sus ojos, de nuevo indiferentes, que aquel fugitivo resplandor de sensibilidad no podía brillar más.

—Vámonos —dijo.

Ya se alejaba, cuando ella echó a correr y le cerró el camino.

Él se detuvo.

—¿Qué quieres?

Ella le tendió la mano abierta.

—¿Qué?, ¿dinero? ¿Acaso tiene la costumbre de mendigar? —dijo, dirigiéndose al conde.

—No —dijo este—, y no me explico en absoluto...

Isilda sacó de su bolsillo dos monedas de oro que hizo sonar una contra otra alegremente.

Lupin las examinó.

Eran monedas francesas, nuevas, de ese mismo año.

—¿De dónde sacaste esto? —exclamó Lupin con agitación—. Monedas francesas. ¿Quién te las dio? ¿Cuándo? ¿Fue hoy? Habla. Responde. —Luego se encogió de hombros—. ¡Qué imbécil soy! ¡Como si pudiera responderme! Querido conde, ¿podría prestarme cuarenta marcos? Gracias. Toma, Isilda, son para ti.

Ella tomó las dos monedas, las hizo sonar con las otras dos en el hueco de su mano, y luego, extendiendo el brazo, señaló hacia las ruinas del palacio renacentista, con un gesto que parecía señalar especialmente el ala izquierda y la cima de esa ala.

¿Era aquel un movimiento mecánico?, ¿debía considerarlo como un agradecimiento por las dos monedas de oro?

Él observó al conde. Este no cesaba de sonreír.

«¿De qué se reirá este animal? Parecería que se burla de mí», se dijo Lupin.

Por si acaso, se dirigió hacia el palacio seguido de su escolta.

La planta baja se componía de inmensas salas de recepción que se comunicaban unas con otras y allí se encontraban los pocos muebles rescatados del incendio.

En el primer piso, por el lado norte, había una larga galería sobre la cual se abrían doce preciosas salas exactamente iguales.

La misma galería se repetía en el segundo piso, pero con veinticuatro habitaciones, también semejantes unas a otras. Todo aquello estaba vacío, descuidado y en un estado lamentable.

En lo alto, nada. Los áticos se habían quemado.

Durante una hora, Lupin caminó, trotó, corrió infatigable con ojo vigilante.

Al caer la noche, se apresuró hacia una de las doce salas del primer piso, como si la hubiera escogido por razones que solo él conocía.

Quedó muy sorprendido al encontrar al emperador fumando, sentado en un sillón que había ordenado que le trajeran.

Sin preocuparse de su presencia, Lupin comenzó la inspección de la sala según los procedimientos que acostumbraba emplear en casos similares, dividiendo la estancia en secciones que examinaba una a una. Al cabo de veinte minutos, dijo:

—Le pediría, señor, que tenga la bondad de cambiarse de lugar. Aquí hay una chimenea.

El emperador inclinó la cabeza.

—¿Es necesario que me cambie de lugar?

—Sí, señor, esta chimenea...

—Esta chimenea es como todas las otras y esta sala no difiere de las vecinas.

Lupin miró al emperador sin comprender. Este se levantó y dijo riendo:

—Creo, señor Lupin, que usted se ha burlado un poco de mí.

—¿En qué, señor?

—¡Oh! ¡ Dios mío! No es gran cosa. Obtuvo la libertad con la condición de entregarme unos documentos que me interesan y usted no tiene la menor idea del lugar donde se encuentran. Me..., ¿cómo dicen en francés... embaucó?

—¿Usted cree, señor?

—¡Claro que sí! Lo que se sabe no se busca, y he aquí que hace diez largas horas que usted busca. ¿No es usted de la opinión que debería regresar de inmediato a la prisión?

Lupin pareció estupefacto.

—¿Su majestad no ha fijado el mediodía de mañana como límite máximo?

—¿Por qué esperar?

—¿Por qué? Para permitirme acabar mi obra.

—¿Su obra? Pero ni siquiera ha comenzado, señor Lupin.

—En eso, su majestad, se equivoca.

—Pruébelo. Esperaré a mañana al mediodía.

Lupin reflexionó y dijo con seriedad:

—Puesto que su majestad tiene necesidad de pruebas para confiar en mí, helas aquí. Las doce salas que dan a esta galería tienen cada una un nombre diferente, cuya inicial está marcada en la respectiva puerta. Una de esas inscripciones, menos borrada que otras por las llamas, me llamó la atención cuando atravesaba la galería. Examiné las otras puertas: descubrí, apenas distinguibles, otras tantas iniciales, todas grabadas en la galería por encima de los frontones. Pero una de esas iniciales era una *D*, la primera letra de Diana. Otra era una *A*, la primera letra de *Apollon* o Apolo. Y estos dos nombres se refieren a divinidades mitológicas. ¿Tendrán las otras iniciales la misma característica? Yo descubrí una *J*, inicial de Júpiter; una *V*, inicial de Venus; una *M*, inicial de Mercurio; una *S*, inicial de Saturno, etcétera. Esta parte del problema está resuelta: cada una de las doce salas lleva el nombre de una divinidad del Olimpo, y la combinación Apoon, completada por Isilda, designa la sala de Apollon. Es, pues, aquí, en la sala donde estamos, donde se ocultan las cartas. Bastarán quizá algunos minutos para descubrirlas.

—Algunos minutos o algunos años. ¡Ni así! —exclamó el emperador, riendo.

El conde parecía divertirse mucho y mostraba una gran alegría.

Lupin preguntó:

—¿Su majestad quisiera explicarse?

—Señor Lupin, la apasionante investigación que usted ha realizado hoy, y de la cual nos da los brillantes resultados, ya yo la había hecho antes. Sí, hace dos semanas, en compañía de su amigo Herlock Sholmès. Juntos hemos interrogado a la pequeña Isilda, juntos hemos empleado al respecto el mismo método, y también juntos hemos descubierto las iniciales de la galería y hemos llegado aquí a la sala de Apollon.

Lupin estaba lívido. Balbució:

—¡Ah! ¿Sholmès llegó hasta aquí?

—Sí, después de cuatro días de investigaciones. Es cierto que eso no nos permitió avanzar, pues no hemos descubierto nada. Pero, de cualquier modo, sé que las cartas no están aquí.

Temblando de rabia, herido en lo más hondo de su orgullo, Lupin se encabritó ante la ironía, como si hubiera recibido azotes con una fusta. Jamás se había sentido humillado a ese punto. En su furor hubiera estrangulado al gordo Waldemar, cuya risa le exasperaba. Conteniéndose, dijo:

—Sholmès requirió de cuatro días. A mí me bastaron unas horas. Y me hubiera tomado menos si no hubieran obstaculizado mis investigaciones.

—¿Y quién, por Dios? ¿Mi fiel conde? Espero que él no haya osado.

—No, señor, sino el más terrible y más poderoso de mis enemigos, ese ser infernal que mató a su cómplice Altenheim.

—¿Está aquí? ¿Cree usted? —exclamó el emperador, con una agitación que mostraba que algún detalle de esta dramática historia no le era desconocido.

—Está siempre donde yo estoy. Me amenaza con su odio constante. Fue él quien me descubrió como Lenormand, jefe de la *Sûreté*; fue él quien me hizo arrojar en prisión; fue también él quien me persiguió el día que salí de allí. Ayer, creyendo alcanzarme en el automóvil, hirió al conde Waldemar.

—Pero ¿quién le asegura, quién le dice que está en Veldenz?

—Isilda recibió dos monedas de oro, dos monedas francesas.

—¿Y qué vendría a hacer aquí? ¿Con qué fin?

—No lo sé, señor, pero él es el verdadero espíritu del mal. ¡Que su majestad desconfíe! Es capaz de todo.

—Imposible, tengo doscientos hombres en estas ruinas. No ha podido entrar. Lo hubieran visto.

—Alguien lo ha visto, por desgracia.

—¿Quién?

—Isilda.

—¡Que la interroguen! Waldemar, conduce a tu prisionero donde la muchacha.

Lupin mostró sus manos atadas.

—La batalla será dura. ¿Puedo batirme así?

El emperador le dijo al conde:

—Desátalo y mantenerme al corriente.

De este modo, gracias a un repentino esfuerzo en el que, de manera audaz, incluyó en el debate, sin ninguna prueba, la aborrecida imagen del asesino, Arsène ganaba tiempo y retomaba la dirección de las investigaciones.

«Aún tengo dieciséis horas. Es más de lo que necesito», se dijo.

Llegó al lugar que ocupaba Isilda, al fondo de los antiguos terrenos. Estos edificios servían de cuartel a los doscientos guardias de las ruinas y su ala izquierda, en particular, estaba reservada a los oficiales.

Isilda no estaba allí.

El conde envió a dos de sus hombres. Regresaron. Nadie había visto a la joven.

Sin embargo, no podía haber salido del recinto de las ruinas. En cuanto al palacio renacentista, estaba, por así decirlo, ocupado por la mitad de las tropas y nadie podía entrar en él. Finalmente, la esposa de un teniente que habitaba el alojamiento vecino declaró que ella no se había apartado de su ventana y que la joven no había salido.

—Si no ha salido —exclamó Waldemar—, debe estar allí y no está.

Lupin observó:

—¿Hay un piso más arriba?

—Sí, pero de esta habitación al piso no hay escalera.

—Sí, hay una escalera.

Señaló una pequeña puerta situada en un rincón oscuro. En la sombra se percibían los primeros peldaños de una escalera abrupta.

—Le ruego, mi querido conde —dijo a Waldemar que quería subir—, que me conceda ese honor.

—¿Por qué?

—Hay peligro.

Subió, y enseguida saltó a un desván estrecho y bajo.

Se le escapó un grito:

—¡Oh!

—¿Qué ocurre? —dijo el conde, subiendo a su vez.

—Aquí, sobre el piso, Isilda...

Se arrodilló; enseguida, al primer examen, reconoció que la joven había simplemente perdido el conocimiento y que no presentaba ninguna herida, salvo algunos rasguños en las muñecas y en las manos.

En su boca, como mordaza, había un pañuelo.

—Así es —dijo—, el asesino estaba aquí con ella. Cuando llegamos, le dio un puñetazo y la amordazó para que no pudiéramos escuchar sus gemidos.

—Pero, ¿por dónde huyó?

—Por allí, mire. Hay un pasillo que comunica todas las buhardillas del primer piso.

—¿Y de allí?

—De allí bajó por las escaleras de una de las viviendas.

—Pero lo hubieran visto.

—¡Bah!, ¿quién sabe? Ese ser es invisible. ¡No importa! Envíe a sus hombres a investigar. Que registren todas las buhardillas y viviendas de la planta baja.

Dudó. ¿Iría él también en persecución del asesino?

Pero un ruido devolvió su atención a la joven. Ella se puso de pie y una docena de monedas de oro rodaron de sus manos. Él las examinó. Todas eran francesas.

—Vamos —dijo—, no me había equivocado. Solo que ¿por qué tanto oro?, ¿en recompensa de qué?

De pronto vio un libro en el suelo y se agachó para recogerlo. Pero, con un movimiento rápido, la joven se precipitó, tomó el libro y lo apretó contra su cuerpo con una energía salvaje, como si estuviera dispuesta a defenderlo contra todo.

—Es eso —dijo Lupin—. Las monedas de oro le fueron ofrecidas a cambio del volumen, pero ella se negó a entregarlo. De allí los rasguños en las manos. Lo interesante sería saber por qué el asesino quería poseer ese libro. ¿Habrá podido hojearlo antes?

Le dijo a Waldemar:

—Mi querido conde, dé la orden, por favor.

Waldemar hizo una señal. Tres de sus hombres se arrojaron sobre la joven y, tras una lucha encarnizada en la cual la desventurada temblaba de rabia y se retorcía sobre ella misma lanzando gritos, le arrancaron el volumen.

—Despacio, niña —decía Lupin—, calma. Todo esto es para una buena causa. Que la vigilen.

Entretanto, voy a examinar el objeto de la disputa.

En una vieja encuadernación que databa de al menos un siglo, estaba un tomo suelto de Montesquieu con el título *Viaje al templo de Gnidus*. Pero apenas Lupin lo abrió, exclamó:

—¡Vamos! ¡Vamos!, es extraño. El borde interior de cada página tiene pegada una hoja de pergamino, y sobre esta hoja, sobre todas las hojas, hay líneas de escritura muy juntas y finas.

Leyó al inicio:

—Diario del caballero Gilles de Malrèche, criado francés de su alteza real el príncipe de Deux-Ponts-Veldenz, comenzado en el año de gracia de 1794.

—¿Cómo puede ser? —dijo el conde.

—¿Qué le sorprende?

—El abuelo de Isilda, el viejo que murió hace dos años, se llamaba Malreich, es decir, el mismo nombre germanizado.

—¡Maravilloso! El abuelo de Isilda debía ser el hijo o el nieto del criado francés que escribía su diario en un tomo suelto de Montesquieu. Y es así como este diario pasó a las manos de Isilda.

Lo hojeó al azar:

«15 de septiembre de 1796: su alteza fue de caza».

«20 de septiembre de 1796: su alteza salió a montar a caballo. Ella montaba a *Cupido*».

—¡Caray! —murmuró Lupin—, hasta aquí no es emocionante:

Siguió hojeando:

«12 de marzo de 1803: le envié diez coronas a Hermann. Es cocinero en Londres».

Lupin se echó a reír.

—¡Oh, oh! Hermann está destronado. El respeto se desploma.

—El gran duque reinante fue, en efecto, expulsado de sus dominios por las tropas francesas —observó Waldemar.

Lupin continuó:

«1809: hoy, martes, Napoleón durmió en Veldenz. Fui yo quien hizo la cama de su majestad y quien, a la mañana siguiente, vació las aguas de su aseo».

—¡Vaya! —dijo Lupin—, ¿Napoleón se detuvo en Veldenz?

—Sí, sí, para reunirse con su ejército durante la campaña de Austria, que debía culminar en Wagram. Es un honor del que la familia ducal, a partir de entonces, se sintió muy orgullosa.

Lupin prosiguió:

«28 de octubre de 1814: Su Alteza real ha regresado a sus dominios».

«29 de octubre: esta noche he conducido a Su Alteza hasta el escondite y tuve la felicidad de mostrarle que nadie había adivinado su existencia. Por lo demás, cómo creer que sea posible tener un escondite en...».

Lupin calló y lanzó un grito. Isilda se había escapado súbitamente de los hombres que la vigilaban, se había arrojado sobre él y había emprendido la fuga, llevándose el libro.

—¡Ah!, ¡la pícara! Corramos, hay que dar la vuelta por abajo. Yo la perseguiré por el pasillo.

Pero la muchacha había cerrado la puerta detrás de ella y corrido el cerrojo. Él debió bajar y bordear los terrenos exteriores, lo mismo que los otros, en busca de una escalera que lo llevara al primer piso.

Solo el cuarto alojamiento estaba abierto. Pudo subir, pero el pasillo estaba vacío y debió llamar a las puertas, forzar las cerraduras e introducirse en habitaciones desocupadas, mientras Waldemar, con tanta energía como él en la persecución, pinchaba las cortinas y las persianas con la punta de su sable.

Se escucharon llamadas que procedían de la planta baja, hacia el ala derecha. Corrieron hacia allá. Era una de las mujeres de los oficiales que les hacía señas al final del pasillo y que afirmaba que la joven estaba en su casa.

—¿Cómo lo sabe? —preguntó Lupin.

—Quise entrar en mi cuarto. La puerta está cerrada y escuché ruido.

Lupin, en efecto, no pudo abrir.

—La ventana —gritó—. Debe haber una ventana.

Lo condujeron al exterior y enseguida, tomando el sable del conde, de un golpe rompió los cristales.

Luego, sostenido por dos hombres, escaló el muro, metió el brazo, giró el pestillo y saltó dentro de la habitación.

Acurrucada delante de la chimenea, Isilda parecía estar en medio de las llamas.

—¡Oh, la miserable! —profirió Lupin—. ¡Lo arrojó al fuego!

La empujó brutalmente, quiso tomar el libro y se quemó las manos. Entonces, con ayuda de unas tenazas, lo sacó del fuego y lo cubrió con el mantel de la mesa para ahogar las llamas.

Pero era demasiado tarde. Las páginas del viejo manuscrito, completamente consumidas, cayeron en cenizas.

II

Lupin la miró por largo tiempo. El conde dijo:

—Se podría creer que sabe lo que hace.

—No, no lo sabe. Solo que su abuelo ha debido confiarle ese libro como un tesoro, un tesoro que nadie debía contemplar y, con su instinto estúpido, prefirió arrojarlo a las llamas antes que desprenderse de él.

—¿Y ahora?

—¿Y ahora qué?

—Usted no encontrará el escondite.

—¡Ah, ah!, mi querido conde, ¿así que por un momento consideró mi éxito como posible? ¿Lupin ya no le parece del todo un charlatán? Tranquilícese, Waldemar, Lupin tiene varios ases bajo la manga. Triunfaré.

—¿Antes de las doce de mañana?

—Antes de las doce de esta noche. Pero me muero de hambre. Y si usted tuviera la bondad...

Lo condujeron a una sala que los suboficiales usaban como comedor y le sirvieron una comida sustanciosa, mientras el conde iba a dar su reporte al emperador.

Veinte minutos después, Waldemar regresó. Se instalaron uno frente a otro, silenciosos y pensativos.

—Waldemar, un buen puro sería bienvenido. Se lo agradezco. Este cruje, como corresponde a los habanos que se respetan.

Lupin encendió el puro y, al cabo de uno o dos minutos, dijo:

—Puede usted fumar, conde, no me molesta.

Pasó una hora. Waldemar dormitaba y de cuando en cuando, para despertarse, bebía una copa de fino champán.

Los soldados iban y venían para servirles.

—Café —pidió Lupin.

Le llevaron café.

—¡Qué malo es! —se quejó—. ¡Si es este el café que bebe César! Otra taza, da igual, Waldemar. La noche será larga, quizá. ¡Oh!, ¡qué desagradable café!

Encendió otro puro y ya no dijo otra palabra.

Los minutos transcurrieron. Él no se movía ni hablaba. De pronto, Waldemar se puso de pie y dijo a Lupin con aire indignado:

—¡Eh, usted!, ¡levántese!

En ese momento, Lupin silbaba. Continuó silbando impasible.

—Levántese, le dije.

Lupin volteó. Su majestad acababa de entrar. Se puso de pie.

—¿En qué estamos? —dijo el emperador.

—Creo, señor, que me será posible dentro de poco dar satisfacción a su majestad.

—¿Cómo? Conoce...

—¿El escondite? Casi, señor. Hay algunos detalles aún que se me escapan, pero cuando estemos en el lugar, todo se aclarará, no lo dudo.

—¿Debemos permanecer aquí?

—No, señor. Le pediría que me acompañara solo hasta el palacio renacentista. Pero tenemos tiempo, y si su majestad me autoriza, desearía ahora reflexionar sobre dos o tres puntos.

Sin esperar respuesta, se sentó, para la gran indignación de Waldemar.

Un momento después el emperador, que se había alejado y conferenciaba con el conde, volvió a acercarse.

—Señor Lupin, ¿ya está listo?

Lupin guardó silencio. Se le interrogó de nuevo. Él bajó la cabeza.

—¡Duerme! ¡Parece que duerme!

Furioso, Waldemar lo sacudió con fuerza por el hombro. Lupin cayó de su silla, se desplomó sobre el suelo, sufrió dos o tres convulsiones y no se movió más.

—¿Qué le pasa? —exclamó el emperador—. No estará muerto, espero.

Tomó una lámpara y se agachó.

—¡Qué pálido está! ¡Parece una figura de cera! Mira, Waldemar, siente el corazón. Está vivo, ¿verdad?

—Sí, señor —dijo el conde después de un instante—. El corazón late con regularidad.

—Entonces, ¿qué? No comprendo. ¿Qué pasó?

—¿Voy a buscar al médico?

—Ve, corre.

El doctor encontró a Lupin en el mismo estado, inerte y apacible. Lo hizo tender sobre una cama, lo examinó por largo tiempo y preguntó qué había comido el enfermo.

—¿Entonces teme usted un envenenamiento, doctor?

—No, señor, no hay rastros de envenenamiento. Pero supongo que... ¿Qué es esa bandeja y esa taza?

—Café —dijo el conde.

—¿Para usted?

—No, para él. Yo no lo tomé.

El doctor se sirvió café, lo probó y concluyó:

—No me equivocaba; durmieron al paciente con ayuda de un narcótico.

—Pero ¿quién? —exclamó el emperador con irritación—. Veamos, Waldemar, es exasperante lo que está pasando aquí.

—Señor...

—¡Sí, ya tuve suficiente! En verdad empiezo a creer que este hombre tiene razón y que hay alguien en el castillo. Esas monedas de oro, ese narcótico...

—Si alguien hubiera penetrado el recinto, se sabría, señor. Hace tres horas que se registra por todas partes.

—Sin embargo, yo no era el que hacía el café, te lo aseguro... Y a menos que hayas sido tú.

—¡Oh! ¡Señor!

—¡Entonces busca, investiga! ¡Tienes doscientos hombres a tu disposición y los terrenos no son tan grandes! Porque, en fin, el bandido ronda por aquí, en estos edificios, del lado de la cocina... ¿qué sé yo? Vete. Muévete.

El gordo Waldemar buscó toda la noche de manera exhaustiva, pero sin convicción. Se trataba de una orden del amo, pero era imposible que un extraño se disimulara entre las ruinas tan bien vigiladas. De hecho, los acontecimientos le dieron la razón: las investigaciones fueron inútiles y no se pudo descubrir la mano misteriosa que había preparado el brebaje soporífero.

Esa noche, Lupin la pasó en la cama, inanimado. Por la mañana, el doctor, que no se había separado de su lado, respondió a un enviado del emperador que el paciente seguía durmiendo.

A las nueve de la mañana, sin embargo, hizo un primer gesto, una suerte de esfuerzo por despertarse.

Un poco más tarde, balbució:

—¿Qué hora es?

—Las nueve treinta y cinco.

Hizo un nuevo esfuerzo y dio la sensación de que, en su aletargamiento, todo su ser se esforzaba por volver a la vida. Un péndulo dio diez campanadas. Él se estremeció y pronunció:

—Que me lleven, que me lleven al palacio.

Con la aprobación del médico, Waldemar llamó a sus hombres e hizo que informaran al emperador.

Colocaron a Lupin sobre una camilla y se pusieron en marcha hacia el palacio.

—Al primer piso —murmuró.

Lo subieron.

—Al final del pasillo —dijo—. Última sala a la izquierda.

Lo llevaron a la última sala, la decimosegunda, y le dieron una silla, sobre la cual se sentó, agotado.

Cuando el emperador llegó, Lupin no se movió, parecía inconsciente, la mirada sin expresión.

Después de algunos minutos, pareció despertar, miró a su alrededor, a los muros, al techo y a la gente y dijo:

—Un narcótico, ¿no es así?

—Sí —declaró el doctor.

—¿Encontraron al hombre?

—No.

Pareció meditar y varias veces inclinó la cabeza con aire pensativo, pero pronto notaron que dormía.

El emperador se acercó a Waldemar:

—Da las órdenes para que traigan tu automóvil.

—¡Ah!, pero, ¿entonces, señor?

—Comienzo a creer que se burla de nosotros y que todo esto no es más que una comedia para ganar tiempo.

—Puede ser, en efecto —aprobó Waldemar.

—¡Es evidente! Explota ciertas coincidencias curiosas, pero no sabe nada, y su historia sobre las monedas de oro, su narcótico, ¡puras invenciones! Si nos seguimos prestando a este pequeño juego, se nos va a escurrir entre las manos. Tu automóvil, Waldemar.

El conde dio las órdenes y regresó. Lupin no se había despertado. El emperador, que inspeccionaba la sala, le dijo a Waldemar.

—Esta es la sala de Minerva, ¿no es así?

—Sí, señor.

—Pero, entonces, ¿por qué esa N en dos lugares?

Había, en efecto, dos N, una sobre la chimenea y otra sobre un antiguo reloj incrustado en la pared, todo arruinado, cuyo complicado mecanismo era visible, así como los pesos inertes que colgaban al extremo de sus cuerdas.

—Esas dos N... —dijo Waldemar.

El emperador no escuchó la respuesta. Lupin se había movido, abrió los ojos y articuló sílabas ininteligibles. Se levantó, cruzó la sala y volvió a caer, extenuado.

Se produjo entonces la lucha, la lucha encarnizada de su cerebro, de sus nervios, de su voluntad, contra aquel espantoso sopor que lo paralizaba, la lucha del moribundo contra la muerte, la lucha de la vida contra la nada.

Y aquel era un espectáculo infinitamente doloroso.

—Sufre —murmuró Waldemar.

—O al menos finge que sufre —declaró el emperador— y lo hace de maravilla. ¡Qué actor!

Lupin balbució:

—Una inyección, doctor, una inyección de cafeína, enseguida.

—¿Usted lo permite, señor? —preguntó el doctor.

—Por supuesto, hasta el mediodía debe hacerse todo lo que él quiera. Tiene mi promesa.

—¿Cuántos minutos para el mediodía? —preguntó Lupin.

—Cuarenta —le dijeron.

—¿Cuarenta? Lo lograré..., seguro lo lograré. Es necesario.

Se tomó la cabeza entre ambas manos.

—¡Ah!, si tuviera mi cerebro, el verdadero, mi buen cerebro que piensa. ¡Sería cosa de unos segundos! No hay más que un punto de tinieblas, pero no puedo... las ideas se me escapan... no logro fijarlas... es atroz...

Sus hombros se estremecían. ¿Lloraba?

Se le escuchaba repetir:

—Ochocientos trece... ochocientos trece...

Y luego, más bajo:

—Ochocientos trece... un ocho... un uno... un tres...; sí, claro... pero, ¿por qué? Eso no basta.

El emperador murmuró:

—Me impresiona. Me cuesta trabajo creer que un hombre pueda fingir de tal manera. Once y media, once cuarenta y cinco.

Lupin permanecía inmóvil, con los puños pegados a las sienes. El emperador esperaba con los ojos fijos en un reloj que sostenía Waldemar.

—Diez minutos más... solo cinco...

—Waldemar, ¿el auto está allí? ¿Tus hombres están listos?

—Sí, señor.

—¿Tu cronómetro tiene alarma?

—Sí, señor.

—A la última campanada del mediodía, entonces...

—Pero...

—A la última campanada del mediodía, Waldemar.

En verdad, la escena tenía algo de trágica, esa suerte de grandeza y de solemnidad que adquieren las horas al acercarse a un posible milagro, cuando parece que la propia voz del destino fuera a manifestarse.

El emperador no ocultaba su angustia. Aquel extraño aventurero que se llamaba Arsène Lupin y cuya vida prodigiosa él conocía, aquel hombre lo turbaba, y aunque resuelto a poner fin a toda esta historia equívoca, no podía impedirse esperar... confiar.

Dos minutos más... uno. Luego se contó por segundos. Lupin parecía dormido.

—Vamos, prepárate —le dijo el emperador al conde.

Este avanzó hacia Lupin y le puso una mano sobre el hombro.

La alarma del cronómetro marcó la hora: una, dos, tres, cuatro, cinco...

—Waldemar, tira de los pesos del viejo reloj.

Un momento de estupor. Era Lupin quien había hablado muy tranquilo. Waldemar se encogió de hombros, indignado de que lo tuteara.

—Obedece, Waldemar —dijo el emperador.

—Sí, obedece, mi querido conde —insistió Lupin, que recobraba su ironía—. El secreto está en las cuerdas del reloj y no tienes más que tirar de ellas alternándolas: una, dos... ¡Maravilloso...! He aquí cómo se daba cuerda en su época.

En efecto, el péndulo se puso en movimiento y se escuchó el tictac regular.

—Las manecillas, ahora —dijo Lupin—. Ponlas un poco antes del mediodía, no te muevas, yo lo hago.

Se levantó y se dirigió hacia el cuadrante, apenas a un paso de distancia, los ojos fijos, todo su ser atento.

Sonaron las doce campanadas, doce golpes pesados, profundos.

Un largo silencio. No pasaba nada. Sin embargo, el emperador esperaba, como si estuviera seguro de que algo iría a ocurrir. Waldemar no se movía, tenía los ojos muy abiertos.

Lupin, que se había inclinado sobre el cuadrante, se irguió y murmuró:

—Perfecto, ya está.

Regresó hacia su silla y ordenó:

—Waldemar, vuelve a poner las manecillas en las doce menos dos minutos. ¡Ah!, no, amigo mío, no hacia atrás, sino en el sentido del reloj. ¡Eh! Sí, tardará más, pero ¿qué quieres?

Sonaron todas las horas y todas las medias horas hasta la media de las once.

—Escucha, Waldemar —dijo Lupin serio, sin burla, como emocionado y ansioso—. Escucha, Waldemar, ¿ves sobre el cuadrante un pequeño punto redondo que marca la primera hora? Ese punto se mueve, ¿no es así? Pon encima el índice de la mano izquierda y aprieta. Bien. Haz lo mismo con el pulgar sobre la punta que marca la tercera hora. Bien. Con la mano derecha, aprieta la punta de la hora ocho. Bien. Te agradezco. Ve a sentarte, querido.

Pasó un instante, el minutero se desplazó y tocó el número doce. Sonaron de nuevo las campanadas del mediodía.

Lupin se quedó en silencio, muy pálido. En el silencio sonaron una a una las doce campanadas.

A la decimosegunda campanada se produjo un ruido de desprendimiento. El reloj se detuvo. El péndulo se inmovilizó.

De pronto, el adorno de bronce que dominaba el cuadrante y que representaba una cabeza de carnero cayó, dejando al descubierto una especie de pequeño nicho tallado en la piedra.

En ese nicho había una cajita de plata grabada.

—¡Ah! —exclamó el emperador—. Tenía razón.

—¿Lo dudaba, señor? —dijo Lupin.

Tomó la caja y se la presentó.

—Que su majestad haga el favor de abrirla él mismo. Las cartas que me dio la misión de buscar están aquí.

El emperador levantó la tapa y pareció muy sorprendido.

La caja estaba vacía.

III

¡La caja estaba vacía!

Fue un golpe teatral, enorme, imprevisto. Después del éxito de los cálculos efectuados por Lupin y del descubrimiento tan ingenioso del secreto del reloj, el emperador, quien ya no dudaba del éxito final, parecía confundido.

Frente a él, Lupin estaba desencajado, con las mandíbulas contraídas y los ojos inyectados de sangre, quería gritar de rabia y de odio impotente. Se enjugó la frente cubierta de sudor y tomó la caja con violencia, le dio vuelta, la examinó, como si esperara encontrar un doble fondo. Por fin, para mayor certeza, en un acceso de furia, la aplastó con una presión irresistible.

Esto lo alivió. Respiró más tranquilo.

El emperador le dijo:

—¿Quién hizo esto?

—El mismo de siempre, señor, aquel que sigue la misma ruta que yo y camina hacia el mismo objetivo, el asesino de M. Kesselbach.

—¿Cuándo?

—Esta noche. ¡Ah! Señor, ¡¿por qué no me dejó libre al salir de la prisión?! Estando libre, habría llegado aquí sin perder una hora. ¡Hubiera llegado antes que él! ¡Y antes que él le hubiera dado el oro a Isilda! ¡Antes que él, habría leído el diario de Malreich, el viejo criado francés!

—Cree entonces que fue por las revelaciones de ese diario.

—Sí, señor; él tuvo tiempo para leerlas. Y en la sombra, no sé dónde, informado de todos nuestros movimientos, no sé por quién, me hizo dormir para deshacerse de mí esta noche.

—Pero el palacio estaba resguardado.

—Resguardado por sus soldados, señor. ¿Acaso eso cuenta para hombres como él? No dudo que, por lo demás, Waldemar haya concentrado su búsqueda en los terrenos, quitando la guarnición de las puertas del palacio.

—Pero, ¿el ruido del reloj? ¿Esas doce campanadas en la noche?

—¡Un juego, señor! ¡El juego para impedir que un reloj suene!

—Todo ello me parece muy inverosímil.

—Todo eso me parece perfectamente claro a mí, señor. Si fuera posible registrar ahora los bolsillos de todos sus hombres o conocer todos los gastos que harán durante el año que sigue, descubriríamos a dos o tres de ellos que son poseedores en este momento de algunos billetes de banco, billetes de banco franceses, claro está.

—¡Oh! —protestó Waldemar.

—Así es, mi querido conde, es una cuestión de precio y esa persona no ve nada. Si él lo quisiera, estoy seguro de que usted mismo...

El emperador ya no escuchaba, absorto en sus reflexiones. Se paseó de derecha a izquierda a través de la habitación y luego hizo una señal a uno de los oficiales que se encontraban en el pasillo.

—Mi automóvil. Que lo alisten. Partiremos.

Se detuvo, observó a Lupin un instante y se acercó al conde.

—Tú también, Waldemar, en camino. Directo a París sin escalas —dijo.

Lupin aguzó el oído. Oyó a Waldemar que respondía.

—Preferiría una docena más de guardias con este diablo de hombre.

—Tómalos. Y apresúrate, es preciso que llegues esta noche.

Lupin golpeó con los pies violentamente:

—¡No, señor! ¡No, no, no! ¡Eso no sucederá, se lo juro! ¡Ah! no, jamás.

—¿Cómo que no?

—¿Y las cartas, señor? ¿Las cartas robadas?

—Palabra que...

—Entonces —exclamó Lupin, cruzándose de brazos con indignación—. ¿Su majestad renuncia a la lucha? ¿Considera irremediable la derrota? ¿Se declara vencido? Y bien, yo no, señor. He comenzado. Terminaré.

El emperador sonrió ante el ardor de Lupin.

—Yo no renuncio, pero mi policía se pondrá en acción.

Lupin se echó a reír.

—¡Que su majestad me disculpe! ¡Esto sí es gracioso! ¡La policía de su majestad! ¡Esa vale lo que valen todas las policías del mundo, es decir, nada, nada en absoluto! No, señor, yo no regresaré a la *Santé*. La prisión no me importa. Pero necesito mi libertad contra ese hombre y la mantendré.

El emperador se impacientó.

—Ni siquiera sabe quién es ese hombre.

—Lo sabré, señor. Solo yo puedo saberlo. Y él sabe que soy el único que puede saberlo. Soy su único enemigo. Soy el único que lo ataca. Es a mí a quien quería alcanzar el otro día con la bala de su revólver. Es a mí a quien le bastaba dormirme esta noche, para ser libre de actuar a su gusto. El duelo es entre nosotros. El mundo no tiene nada que ver en esto. Nadie puede ayudarme a mí, ni nadie puede ayudarle a él. Somos dos y eso es todo. Hasta ahora la suerte lo ha favorecido. Pero, a fin de cuentas, es inevitable, es inevitable que yo lo venza.

—¿Por qué?

—Porque yo soy el más fuerte.

—¿Y si lo mata?

—No me matará. Le arrancaré las garras, lo reduciré a la impotencia. Y usted tendrá las cartas, señor. No hay poder humano que pueda impedirme entregárselas.

Hablaba con una convicción brutal y una certeza que daba a las cosas que predecía la apariencia real de lo ya cumplido.

El emperador no podía evitar experimentar un sentimiento confuso, inexplicable, en el que había una suerte de admiración y mucho también de esa confianza que Lupin exigía de una manera tan autoritaria. En el fondo solo dudaba por el escrúpulo de emplear a este hombre y de hacerlo, por así decir, su aliado. Y ansioso, sin saber qué rumbo tomar, caminó desde la galería hasta las ventanas sin pronunciar palabra.

Al fin dijo:

—¿Y quién nos asegura que las cartas fueron robadas esta noche?

—El robo tiene fecha, señor.

—¿Qué quiere decir?

—Examine la parte interior de la pared que disimulaba el escondite. La fecha está inscrita con gis blanco: medianoche del veinticuatro de agosto.

—En efecto, en efecto —murmuró el emperador, sorprendido—. ¿Cómo no lo había visto? —Y agregó, dejando percibir su curiosidad—: Es como esas dos N pintadas sobre la pared... no me lo explico. Esta es la sala de Minerva.

—Esta es la sala donde durmió Napoleón, emperador de los franceses —declaró Lupin.

—¿Qué sabe de eso?

—Pregúntele a Waldemar, señor. Para mí, cuando examiné el diario del viejo criado, fue como un relámpago. Comprendí que Sholmès y yo habíamos seguido un camino falso. «Apoon», la palabra incompleta que escribió el gran duque Hermann en su lecho de muerte, no es una contracción de la palabra «Apollon», sino de la palabra «Napoleón».

—Exacto, tiene usted razón —dijo el emperador—. Las mismas letras se encuentran en las dos palabras y siguen el mismo orden. Es evidente que el gran duque quiso escribir «Napoleón». Pero, ¿y esa cifra: 813?

—¡Ah!, ese es el punto que me da más trabajo aclarar. Siempre tuve la idea de que era preciso sumar las tres cifras ocho, uno y tres, y el número doce, así obtenido, me pareció enseguida que se aplicaba a esta sala, que es la decimosegunda de la galería. Pero eso no bastaba. Tenía que haber otra cosa; otra cosa que mi cerebro debilitado no lograba formular. Al ver el reloj, ese reloj situado justamente en la sala de Napoleón, tuve una revelación. El número doce significaba evidentemente la duodécima hora. ¡Mediodía! ¡Medianoche! ¿No es acaso un instante más solemne y que se elige de buena gana? Pero ¿por qué esas tres cifras ocho, uno y tres, y no otras que hubieran sumado el mismo total? Fue entonces cuando pensé en hacer sonar el reloj una primera vez a título de ensayo. Al hacerlo sonar vi que las puntas de la primera, de la tercera y de la octava hora eran móviles. Obtenía entonces tres cifras: uno, tres y ocho, que, colocadas en orden fatídico daban el número 813. Waldemar presionó las tres puntas y se produjo el desprendimiento. Su majestad conoce el resultado. He aquí, señor, la explicación de esa palabra misteriosa y de esos tres números, ocho, uno y tres, que el gran duque escribió con su mano agonizante y gracias a las cuales tenía la esperanza de que su hijo recuperara un día el secreto de Veldenz y se convirtiera en poseedor de las famosas cartas que había ocultado.

El emperador había escuchado con una atención apasionada, cada vez más sorprendido por todo lo que observaba en aquel hombre, por su ingenio, su clarividencia, su sutileza, su voluntad inteligente.

—Waldemar —dijo.

—Señor.

Pero en el momento en que iba a hablar, se escucharon exclamaciones en la galería. Waldemar salió y volvió a entrar.

—Es la loca, señor, a quien tratan de impedirle el paso.

—¡Que venga! —exclamó Lupin con firmeza—. Es preciso que venga, señor.

A la señal del emperador, Waldemar fue a buscar a Isilda.

A la entrada de la joven se produjo estupor. Su rostro, siempre tan pálido, estaba cubierto de manchas negras. Sus rasgos convulsos revelaban el más vivo sufrimiento. Jadeaba; tenía ambas manos crispadas contra el pecho.

—¡Oh! —dijo Lupin con espanto.

—¿Qué ocurre? —preguntó el emperador.

—¡Su médico, señor! ¡No perdamos ni un minuto! —dijo Lupin avanzando hacia ella—. Habla, Isilda. ¿Has visto algo? ¿Tienes algo que decir?

La joven se había detenido, sus ojos menos vagos, como iluminados por el dolor. Articuló sonidos, ninguna palabra.

—Escucha —le dijo Lupin—, responde sí o no con un movimiento de cabeza. ¿Lo has visto? ¿Sabes dónde está? ¿Sabes quién es? Escucha, si no respondes...

Reprimió un gesto de cólera. De pronto, recordando el calvario de la víspera y viendo que ella más bien parecía haber guardado algún recuerdo visual de la época en que tenía uso de razón, él escribió en la pared blanca una *L* y una *M* mayúsculas.

Ella extendió los brazos hacia las letras, y bajó la cabeza, cual si aprobara.

—¿Y después? —dijo Lupin—. ¿Después? Escribe.

Pero ella lanzó un grito espantoso y se arrojó por tierra gritando.

Después, de repente, el silencio, la inmovilidad. Un nuevo estremecimiento. No se movió más.

—¿Muerta? —dijo el emperador.

—Envenenada, señor.

—¡Ah!, la infeliz... ¿Y por quién?

—Por *él*, señor. Sin duda ella lo conocía. Y él debió temer sus revelaciones.

Llegó el médico. El emperador le señaló a la joven. Luego, dirigiéndose a Waldemar, dijo:

—Todos tus hombres en acción. Que registren la casa. Un telegrama a las estaciones de la frontera.

Se acercó a Lupin.

—¿Cuánto tiempo requiere para recuperar las cartas?

—Un mes, señor.

—Bien. Waldemar lo esperará aquí. Él tendrá mis órdenes y plenos poderes para concederle lo que desee.

—Lo que quiero, señor, es la libertad.

—Está usted libre.

Lupin lo vio alejarse, y dijo entre dientes:

—La libertad, primero, y luego, cuando te haya entregado tus cartas, ¡oh, majestad!, un apretón de manos. Entonces estaremos a mano.

VI

LOS SIETE BANDIDOS

UNO

—¿La señora puede recibirlo?

Dolores Kesselbach tomó la tarjeta que le tendía el criado y leyó: «André Beauny».

—No —dijo ella—. No lo conozco.

—Ese señor insiste mucho, señora. Dijo que la señora espera su visita.

—¡Ah!, quizá. En efecto. Déjelo pasar.

Después de los acontecimientos que habían trastornado su vida y que la habían golpeado con saña implacable, Dolores, tras una temporada en el hotel Bristol, acababa de instalarse en una tranquila casa de la calle Vignes, al fondo de Passy.

Un bello jardín se extendía al fondo, encuadrado por otros jardines frondosos. Cuando unas crisis más dolorosas no la mantenían días enteros en su dormitorio con las ventanas cerradas, invisible para todos, Dolores se hacía llevar bajo los árboles y permanecía allí tendida, melancólica, incapaz de reaccionar contra el malvado destino. La arena del camino crujió de nuevo y, acompañado por el criado, apareció un hombre joven de aspecto elegante, vestido de forma muy sencilla, al estilo un poco anticuado de ciertos pintores, con el cuello bajo y corbata flotante de puntos blancos sobre el fondo azul marino.

El criado se alejó.

—¿André Beauny, no es así? —preguntó Dolores.

—Sí, señora.

—No tengo el honor.

—Sí, señora. Sabiendo que yo era uno de los amigos de Mme. Ernemont, la abuela de Geneviève, usted le ha escrito a esta dama en Garches diciéndole que deseaba tener una entrevista conmigo. Heme aquí.

Dolores se levantó muy emocionada.

—¡Ah!, usted es...

—Sí.

Ella balbució:

—¿De verdad? ¿Es usted? No lo reconocí.

—¿No reconoce al príncipe Paul Sernine?

—No, no se parece en nada. Ni la frente ni los ojos. Y tampoco es así como...

—Como los periódicos describieron al detenido de la *Santé* —dijo él sonriendo—. Sin embargo, soy yo.

Siguió un largo silencio en el que ambos se sintieron incómodos e inquietos.

Finalmente, él dijo:

—¿Puedo saber la razón?

—¿Geneviève no se la ha dicho?

—No la he visto, pero su abuela creyó entender que usted necesitaba de mis servicios.

—Eso es, eso es...

—¿Y en qué? Me siento tan feliz.

Ella dudó un segundo y luego murmuró:

—Tengo miedo.

—¡Miedo! —exclamó él.

—Sí —dijo ella en voz baja—. Tengo miedo, tengo miedo de todo, miedo de lo que ya es y de lo que será mañana, pasado mañana. Miedo de la vida. He sufrido tanto... ya no puedo más.

Él la miraba con una gran compasión. El sentimiento confuso que lo había empujado siempre hacia aquella mujer adquiría un carácter más preciso hoy que ella le pedía protección. Sentía una necesidad ardiente de dedicarse a ella por completo, sin esperar recompensa.

Ella prosiguió:

—Ahora estoy completamente sola, con criados que he tomado al azar, y tengo miedo... siento que algo se agita en torno a mí.

—Pero ¿con qué propósito?

—No lo sé. Pero el enemigo ronda y se acerca.

—¿Lo ha visto? ¿Ha observado algo?

—Sí, en la calle, estos días, dos hombres han pasado varias veces y se han detenido frente a la casa.

—¿Su descripción?

—Hay uno al que vi mejor. Es alto, fuerte, afeitado y vestido con un saco negro de tela, muy corto.

—Un mozo de café.

—Sí, un mayordomo. Hice que uno de mis criados lo siguiera. Tomó por la calle de la Pompe y entró en una casa de mal aspecto cuya planta baja está ocupada por un comerciante de vinos, la primera a la izquierda sobre la calle. En fin, la otra noche...

—¿La otra noche?

—Desde la ventana de mi cuarto vi una sombra en el jardín.

—¿Eso es todo?

—Sí.

Él reflexionó y le propuso:

—¿Permitiría usted que dos de mis hombres duerman en una de las habitaciones de la planta baja?

—¿Dos de sus hombres?

—¡Oh!, no tema nada, es gente honrada: el viejo Charolais y su hijo, que no tienen aspecto alguno de lo que son. Con ellos usted estará tranquila. En cuanto a mí...

Dudó. Esperaba que ella le rogara que volviera. Como ella calló, él dijo:

—En cuanto a mí, es preferible que no me vean aquí. Sí, es lo mejor para usted. Mis hombres me tendrán al corriente.

Hubiera querido decir más y quedarse, sentarse junto a ella y reconfortarla. Pero tuvo la impresión de que todo estaba dicho de cuanto tenían que decirse y que una sola palabra de más, pronunciada por él, sería un ultraje.

Entonces hizo una pequeña reverencia y se retiró.

Atravesó el jardín a paso rápido, con la prisa por encontrarse fuera de allí y dominar su emoción. El criado lo esperaba en el umbral del vestíbulo. En el momento en que franqueaba la puerta de entrada que daba a la calle, alguien timbró, una joven.

Él se estremeció:

—¡Geneviève!

Ella clavó en él sus asombrados ojos y enseguida, aunque desconcertada por la extrema juventud de su mirada, ella lo reconoció. Esto le causó tal turbación que se tambaleó y tuvo que apoyarse contra la puerta.

Él se había quitado el sombrero y la contemplaba sin atreverse a tenderle la mano. ¿Le tendería ella la suya? Ya no era el príncipe Sernine, era Arsène Lupin. Y ella sabía que él era Arsène Lupin y que acababa de salir de prisión.

Afuera llovía. Ella le dio su paraguas al criado y balbució:

—Por favor, ábrelo y déjelo a un lado.

Luego entró y siguió derecho.

«Mi pobre viejo amigo», se dijo Lupin al partir. «Mira cuántos sobresaltos para un individuo nervioso y sensible como tú. Vigila tu corazón, si no... Vamos, bueno, mira, ¡se te humedecen los ojos! Mala señal, señor Lupin, estás envejeciendo».

Dio una palmada en el hombro a un joven que cruzaba la calzada de Muette y se dirigía hacia la calle de Vignes. El joven se detuvo y segundos después le preguntó:

—Perdón, señor, pero no tengo el honor..., me parece...

—Le parece mal, mi querido señor Leduc. O es que entonces tu memoria está muy débil. Recuerda Versalles, el pequeño cuarto en el hotel Los Tres Emperadores.

—¡Usted!

El joven había dado un salto hacia atrás con espanto.

—Dios mío, pues sí, soy yo, el príncipe Sernine o, más bien dicho, Lupin, puesto que sabes mi verdadero nombre. ¿Pensabas acaso que Lupin había muerto? ¡Ah!, sí, comprendo, la prisión..., esperabas... ¡En fin!

Le dio unas suaves palmadas el hombro.

—Veamos, joven, recuperémonos, tenemos aún algunos buenos y plácidos días para hacer versos. Aún no ha llegado la hora. ¡Haz versos, poeta!

Le apretó el brazo con fuerza y le dijo cara a cara:

—Pero la hora se acerca, poeta. No olvides que me perteneces en cuerpo y alma. Y prepárate para representar tu papel. Será duro y magnífico. Y, por Dios, ¡me pareces de verdad el hombre para ese papel!

Se echó a reír, hizo una pirueta y dejó al joven Leduc aturdido. Más adelante, en la esquina de la calle de la Pompe, estaba la tienda de vinos de la cual le había hablado Mme. Kesselbach. Entró y habló largamente con el dueño. Luego tomó un auto de alquiler y se hizo conducir al Gran Hotel, donde vivía bajo el nombre de André Beauny.

Los hermanos Doudeville lo esperaban.

Aunque hastiado con este tipo de placeres, Lupin disfrutó sin embargo de los testimonios de admiración y devoción con los que sus amigos lo abrumaron.

—Por fin, jefe, explíquenos, ¿qué pasó? Con usted estamos acostumbrados a los prodigios, pero hay límites. Entonces, ¿está usted libre? Y helo aquí, en el corazón de París, apenas disfrazado.

—¿Un puro? —ofreció Lupin.

—Gracias, no.

—Haces mal, Doudeville. Estos son notables. Los obtuve de un fino conocedor que se precia de ser amigo mío.

—¡Ah! ¿Podríamos saber quién?

—El káiser. Vamos, no hay que poner esas caras de tontos. Pónganme al corriente, no he leído periódicos. Mi escape, ¿qué efecto tuvo en el público?

—¡Fulminante, patrón!

—¿La versión de la policía?

—Su fuga tuvo lugar en Garches, durante una reconstrucción del asesinato de Altenheim. Por desgracia, los periodistas han probado que eso era imposible.

—¿Y entonces?

—Entonces, hay desconcierto. Algunos lo buscan, otros se ríen y todos se divierten mucho.

—¿Y Weber?

—Weber está muy comprometido.

—¿Aparte de esto nada nuevo en el servicio de la *Sûreté*? ¿Algún descubrimiento sobre el asesino? ¿Ningún indicio que nos permita establecer la identidad de Altenheim?

—No.

—¡Son estúpidos! ¡Cuándo se piensa que pagamos millones para alimentar a esa gente! Si esto continúa, me negaré a pagar impuestos. Toma asiento y una pluma. Llevarás esta carta al *Grand Journal* esta noche. Hace mucho tiempo que el universo no tiene noticias mías. Debe estar jadeando con impaciencia. Escribe:

Señor director:

Me disculpo ante el público, cuya legítima impaciencia se sentirá decepcionada.

Me he escapado de prisión y me es imposible revelar cómo lo hice. Asimismo, después de mi fuga he descubierto el famoso secreto, pero me es imposible decir qué secreto es ese y cómo lo descubrí.

Todo eso será, un día u otro, objeto de un relato un tanto original que publicará, conforme a mis notas, mi biógrafo habitual. Es una página de la historia de Francia que nuestros nietos leerán con interés.

Por el momento, tengo cosas mejores que hacer. Indignado al ver en qué manos han caído las funciones que yo ejercía, cansado de constatar que el asunto Kesselbach-Altenheim sigue en el mismo punto, destituyo al señor Weber y retomo el cargo de honor que yo ocupaba con tanto brillo y a satisfacción general, bajo el nombre de M. Lenormand.

Arsène Lupin
Jefe de la *Sûreté*

II

A las ocho de la noche, Arsène Lupin y Doudeville entraban a Caillard, el restaurante de moda; Lupin entallado en su frac, pero con el pantalón un poco amplio de artista y la corbata demasiado floja; Doudeville de levita, con la vestimenta y el aire serio de un magistrado. Escogieron la parte del restaurante al fondo, que dos columnas separaban del gran salón.

Un mayordomo, correcto y desdeñoso, libreta en mano, tomó las órdenes. Lupin pidió con la minucia y el conocimiento de un fino gourmet.

—Sin duda, la comida de la prisión era aceptable —dijo Lupin—, pero de todos modos una buena cena es un placer.

Comió con buen apetito y en silencio, contentándose a veces con pronunciar una breve frase que indicaba la secuela de sus preocupaciones.

—Sin duda eso se arreglará, pero será difícil. ¡Qué adversario! Lo que me sorprende es que, después de seis meses de lucha, ¡yo ni siquiera sepa qué quiere! El principal cómplice está muerto, estamos al término de la batalla; sin embargo, no veo su juego con claridad. ¿Qué busca ese miserable? En cuanto a mí, mi plan está nítido: echar la mano al gran ducado, poner en el trono a un gran duque designado por mí, darle a Geneviève como esposa y reinar. He ahí algo limpio, honrado y leal. Pero él, ese innoble personaje, esa larva de las tinieblas, ¿qué objetivo quiere alcanzar?

Llamó:

—¡Mozo!

El mayordomo se acercó.

—¿Qué desea el señor?

—Puros.

El mayordomo regresó y abrió varias cajas.

—¿Cuál me recomienda? —preguntó Lupin.

—He aquí unos Upman excelentes.

Lupin ofreció un Upman a Doudeville, tomó otro para él y lo despuntó. El mesero encendió un cerillo y se lo presentó.

Con rapidez Lupin lo agarró por la muñeca.

—Ni una palabra. Te conozco. Tu verdadero nombre es Dominique Lecas.

El hombre, que era grande y fuerte, intentó desprenderse. Ahogó un grito de dolor.

Lupin le había torcido la muñeca.

—Te llamas Dominique, vives en la calle de la Pompe, en un cuarto piso, y te has retirado con una pequeña fortuna adquirida al servicio de..., escucha, imbécil, o te rompo los huesos, adquirida al servicio del barón Altenheim, en cuya casa eras mayordomo.

El otro se inmovilizó, con el rostro pálido de miedo.

Alrededor de ellos, la pequeña sala se había vaciado. Al lado, en el restaurante, tres señores fumaban y dos parejas charlaban mientras bebían licores.

—Ya ves, estaremos tranquilos, podemos hablar.

—¿Quién es usted? ¿Quién es usted?

—¿No me recuerdas? Sin embargo, recuerda el famoso almuerzo en Villa Dupont. Fuiste tú, viejo pícaro, quien me ofreció el plato de pasteles. ¡Y qué pasteles!

—¡El príncipe!, ¡el príncipe! —balbució el otro.

—Sí, el príncipe Arsène, el príncipe Lupin en persona... ¡Ah, ah! Respiras, te dices que nada tienes que temer de Lupin, ¿no es así? Error, viejo amigo; tienes que temerlo todo.

Sacó del bolsillo una tarjeta y se la mostró.

—Aquí tienes, mira; ahora soy de la policía. Qué quieres, así es como siempre terminamos nosotros, los grandes señores del robo, los emperadores del crimen.

—¿Entonces? —dijo el mayordomo aún inquieto.

—Entonces, atiende a ese cliente que te llama allá abajo, sírvele y regresa. Y, sobre todo, nada de trucos; no intentes escapar. Tengo diez agentes fuera, vigilándote. Ve.

El mayordomo obedeció.

Cinco minutos después había regresado, y de pie ante la mesa, con la espalda hacia el restaurante, como si discutiera con los clientes sobre la calidad de los puros, dijo:

—¿Y bien? ¿De qué se trata?

Lupin alineó sobre la mesa algunos billetes de cien francos.

—Por cada respuesta correcta a mis preguntas, habrá otros tantos billetes.

—Me interesa.

—Comienzo. ¿Cuántos servían al barón de Altenheim?

—Siete, sin contarme a mí.

—¿No más?

—No. Solo una vez se contrataron obreros de Italia para construir los subterráneos de la Villa de las Glicinias, en Garches.

—¿Había dos subterráneos?

—Sí, uno conducía al pabellón Hortensia y el otro desembocaba en el primero y se abría por debajo del pabellón de Mme. Kesselbach.

—¿Qué pretendían?

—Secuestrar a Mme. Kesselbach.

—Las dos sirvientas, Suzanne y Gertrude, ¿eran cómplices?

—Sí.

—¿Dónde están?

—En el extranjero.

—¿Y tus siete compañeros, los de la banda de Altenheim?

—Los dejé, ellos continúan.

—¿Dónde podría encontrarlos?

Dominique titubeó. Lupin desdobló dos billetes de mil francos y dijo:

—Tus escrúpulos te honran, Dominique. Solo te queda olvidarte de ellos y responder.

Dominique respondió:

—Los encontrará en la carretera de la Revolución número 3, en Neuilly. A uno de ellos le llaman el Buhonero.

—Muy bien. Y ahora el nombre, el verdadero nombre de Altenheim. ¿Lo sabes?

—Sí. Ribeira.

—Dominique, esto va a acabar mal. Ribeira no era más que un apodo. Te pregunto por su verdadero nombre.

—Parbury.

—Otro apodo.

El mayordomo titubeó. Lupin desdobló tres billetes de cien francos.

—Bueno, ¡al diablo! —exclamó el hombre—. Después de todo está muerto, ¿no es así? Y bien muerto.

—Su nombre —dijo Lupin.

—¿Su nombre? El caballero de Malreich.

Lupin saltó en su silla.

—¡Qué! ¿Qué has dicho?, ¿el caballero...?, repite... ¿el caballero...?

—Raúl de Malreich.

Se hizo un largo silencio.

Lupin, con la mirada fija, pensaba en la loca de Veldenz, muerta envenenada. Isilda llevaba ese mismo nombre: Malreich. Y ese era el nombre del gentilhombre francés que llegó a la corte de Veldenz en el siglo XVIII.

Continuó:

—¿De qué país era ese Malreich?

—De origen francés, pero nacido en Alemania; yo vi sus documentos una vez. Fue así como me enteré de su nombre. ¡Ah!, si él lo hubiera sabido, me habría estrangulado, creo.

Lupin reflexionó, y dijo:

—¿Era él quien mandaba a todos?

—Sí.

—Pero tenía un cómplice, un socio.

—¡Ah!, cállese, cállese...

El rostro del mayordomo expresó de pronto la más viva ansiedad. Lupin distinguió la misma suerte de espanto, de repulsión, que él mismo sufría al pensar en el asesino.

—¿Quién es? ¿Lo has visto?

—¡Oh!, no hablemos de ese.... no se debe de hablar de él.

—¿Quién es?, te pregunto.

—Es el amo, el jefe, nadie lo conoce.

—Pero tú lo has visto. Responde. ¿Lo has visto?

—Alguna vez en las sombras, de noche. Jamás en pleno día. Sus órdenes llegaban en pequeños trozos de papel o por teléfono.

—¿Su nombre?

—Lo ignoro. De él no hablábamos jamás. Eso traía mala suerte.

—Viste de negro, ¿no es así?

—Sí, de negro. Es pequeño y delgado, rubio...

—Y mata, ¿no es así?

—Sí, mata, mata como otros roban un pedazo de pan. —Su voz temblaba. Suplicó—: Callémonos... no debemos hablar de eso. Se lo digo, trae mala suerte.

Lupin calló, impresionado a pesar de sí mismo, por la angustia de aquel hombre.

Permaneció largo tiempo pensativo, luego se levantó y le dijo al mayordomo:

—Toma, ahí está tu dinero; pero si quieres vivir en paz, actuarías sabiamente si no dijeras ni una palabra a nadie sobre nuestra entrevista.

Salió del restaurante con Doudeville y caminó hasta la puerta de Saint-Denis sin decir palabra, preocupado por todo lo que acababa de averiguar.

Finalmente, tomó el brazo de su compañero y dijo:

—Escucha bien, Doudeville. Vas a ir a la Gare du Nord, adonde llegarás a tiempo para abordar el expreso de Luxemburgo. Irás a Veldenz, la capital del gran ducado de Deux-Ponts-Veldenz. En el ayuntamiento obtendrás fácilmente el acta de nacimiento del caballero de Malreich e información sobre su familia. Pasado mañana, sábado, estarás de regreso.

—¿Debo avisar a la *Sûreté*?

—Yo me encargo. Telefonearé que estás enfermo. ¡Ah! Otra cosa. Nos veremos al mediodía en un pequeño café que se encuentra en la carretera de la Révolte que se llama restaurante Búfalo. Vístete como obrero.

La mañana siguiente, vestido de camisa ancha y con gorra, Lupin se dirigió hacia Neuilly y comenzó su investigación en la carretera de la Révolte número 3. La puerta de un garaje se abría a un primer patio; allí había una verdadera ciudad, toda una serie de pasadizos y talleres donde bullía una población de artesanos, mujeres y chiquillos. En unos minutos se ganó la simpatía de la portera, con quien charló durante una hora sobre los temas más diversos. Durante esa hora vio pasar, uno tras otro, a tres individuos cuyo aspecto le llamó la atención.

«Estas son las presas y huelen fuerte», pensó. «Debo seguir el olor, aunque tengan la apariencia de gente honrada, ¡caray!, pero la mirada de bestias que saben que el enemigo está en todas partes y que cada arbusto, cada maleza, puede esconder una emboscada».

Por la tarde y la mañana del sábado, prosiguió sus investigaciones y se aseguró de que los siete cómplices de Altenheim vivían todos en aquel conjunto de edificios. Cuatro de ellos ejercían abiertamente de comerciantes de ropa. Otros dos vendían periódicos y el séptimo se decía el Buhonero, y así le llamaban también los demás.

Pasaban unos junto a otros fingiendo no conocerse. Pero, por la noche, Lupin constató que se reunían en una suerte de cobertizo situado al fondo del último de los patios, en el cual el Buhonero guardaba sus mercancías: hierros viejos, estufas rotas, tuberías oxidadas y, sin duda, también la mayor parte de los objetos robados.

«Vamos, la tarea avanza. Le he pedido un mes a mi primo de Alemania, creo que bastará una quincena», pensó Lupin. «Y lo que me agrada es comenzar la operación con los grandulones que me dieron un baño en el Sena. Mi pobre Gourel, por fin voy a vengarte. ¡Ya era hora!».

A mediodía entró en el restaurante Búfalo, en una salita baja donde los albañiles y cocheros venían a comer el plato del día.

Alguien vino a sentarse junto a él.

—Hecho, patrón.

—¡Ah!, eres tú, Doudeville. Bien, me urge saber. ¿Tienes la información?, ¿el acta de nacimiento? Rápido, cuenta.

—Pues bien, helo aquí. El padre y la madre de Altenheim murieron en el extranjero.

—Qué más.

—Dejaron tres hijos.

—¿Tres?

—Sí, el mayor tendría treinta años. Se llamaba Raúl de Malreich.

—Ese es nuestro hombre, Altenheim. ¿Y luego?

—El más joven de los hijos era una muchacha, Isilda. El registro tiene en tinta fresca la mención «Fallecida».

—Isilda, Isilda —repitió Lupin—. Es lo que yo pensaba, Isilda era la hermana de Altenheim, yo noté en ella una expresión fisonómica que me era conocida. Ese es el lazo que los unía. Pero ¿el otro, el tercer hijo o, más bien, el segundo?

—Un hijo. Tendría actualmente veintiséis años.

—¿Su nombre?

—Louis de Malreich.

Lupin tuvo un pequeño sobresalto.

—¡Eso es! Louis de Malreich, las iniciales L. M., la espantosa y aterradora firma. El asesino se llama Louis de Malreich, era el hermano de Altenheim y de Isilda. Mató a uno y a otra por temor a sus revelaciones.

Lupin permaneció por largo tiempo taciturno, sombrío, bajo la obsesión sin duda de aquel ser misterioso.

Doudeville objetó.

—¿Qué podría él temer de su hermana Isilda? Me dijeron que estaba loca.

—Loca, sí; pero capaz aún de recordar ciertos detalles de su infancia. Habría reconocido al hermano con el cual se había criado. Y ese recuerdo le costó la vida —explicó—. Loca... toda esa gente estaba loca. La madre, loca; el padre, alcohólico;

Altenheim era una verdadera bestia; Isilda, una pobre demente, y en cuanto al otro, el asesino, ese es el monstruo, el maniático imbécil.

—¿Imbécil?, ¿cree usted, patrón?

—Sí, ¡imbécil! Con destellos de genio, con trucos e intuiciones de demonio, pero un trastornado, un loco como toda esa familia Malreich. Solo los locos matan, y sobre todo los locos como él. Porque, en fin...

Se interrumpió y su rostro se contrajo tan profundamente que impactó a Doudeville.

—¿Qué, patrón?

—Mira.

III

Un hombre acababa de entrar. Colgó su sombrero en una percha, un sombrero negro de fieltro blando, se sentó a una pequeña mesa, examinó el menú que le ofreció un mesero, ordenó y esperó inmóvil, con el busto rígido y los brazos cruzados sobre el mantel.

Lupin lo vio de frente.

Tenía un rostro delgado y seco, enteramente lampiño, agujereado por órbitas profundas en cuya cavidad se podían ver los ojos grises, color hierro. La piel parecía estirada de un pómulo al otro como un pergamino tan espeso que ningún pelo habría podido atravesarlo. Su rostro era lúgubre, ninguna expresión lo animaba, ningún pensamiento parecía vivir bajo esa frente de marfil. Los párpados, sin pestañas, jamás se movían, lo que daba a su mirada la fijeza de una estatua.

Lupin llamó a uno de los meseros del establecimiento.

—¿Quién es ese señor?

—¿Aquel que almuerza allí?

—Sí.

—Es un cliente. Viene dos o tres veces por semana.

—¿Conoce su nombre?

—¡Por supuesto!, Léon Massier.

—¡Ah! —balbució Lupin, emocionado—. L. M., las dos letras. ¿Será este Louis de Malreich?

Lo contempló ávidamente. En verdad, el aspecto de aquel hombre se conformaba a lo que había esperado, a lo que sabía de él y de su existencia horrorosa.

Pero lo que le turbaba era la mirada de muerte, allí donde se esperaba vida y llama; era la impasibilidad allí donde suponía tormento, el desorden, la poderosa mueca de los grandes malditos.

Le dijo al mesero:

—¿A qué se dedica ese señor?

—¡Uy!, no lo sé. Es un tipo raro, siempre está solo, jamás habla con nadie. Aquí no conocemos siquiera el tono de su voz. Con el dedo señala en el menú los platos que quiere. En veinte minutos termina de comer, paga y se va.

—¿Y vuelve?

—Cada cuatro o cinco días. No es regular.

«Es él, no puede ser más que él», se repetía Lupin. «Es Malreich. Aquí está, respira a cuatro pasos de mí. He aquí las manos que matan, el cerebro que se embriaga con el olor a sangre, el monstruo, el vampiro».

Sin embargo, ¿era posible? Lupin había terminado por considerarlo como un ser de tal manera fantástico, que estaba desconcertado de verlo en persona, yendo y viniendo, actuando. No se explicaba que comiera como los demás pan y carne, que bebiera cerveza como cualquiera. Lo había imaginado como una bestia inmunda que se alimentaba de carne viva y chupaba la sangre de sus víctimas.

—Vámonos, Doudeville.

—¿Qué le pasa, patrón? Está muy pálido.

—Necesito aire. Salgamos.

Afuera respiró profundo, se secó la frente cubierta de sudor y murmuró:

—Así está mejor. Me asfixiaba. —Se recuperó y agregó—: Doudeville, el desenlace se acerca. Desde hace semanas lucho a tientas contra un enemigo invisible. ¡Y he aquí que de pronto la casualidad lo pone en mi camino! Ahora la partida está empatada.

—¿Y si nos separáramos, patrón? Nuestro hombre nos ha visto juntos. Nos notará menos si no estamos juntos.

—¿Nos ha visto? —dijo Lupin, pensativo—. Parece no ver nada, no oír nada y no mirar a nada. ¡Qué tipo desconcertante!

De hecho, diez minutos después Léon Massier apareció y se alejó sin advertir siquiera que lo seguían. Había encendido un cigarro y fumaba, con una de las manos a la espalda, caminando como un paseante que disfruta del sol y del aire fresco y que no sospecha que vigilan su paseo.

Pasó frente a la oficina tributaria, bordeó las fortificaciones, salió de nuevo por la puerta de Champerret y volvió sobre sus pasos por la carretera de la Révolte.

¿Iría a entrar en los edificios del número 3? Lupin lo deseó con todas sus fuerzas, pues ello hubiera sido la prueba certera de su complicidad con la banda de Altenheim; pero el hombre cruzó hacia la calle Delaizement, que siguió hasta más allá del velódromo de Búfalo.

A la izquierda, frente al velódromo, entre las canchas de tenis de alquiler y las cabañas que bordeaban la calle Delaizement, había un pequeño pabellón aislado, rodeado por un jardín exiguo.

Léon Massier se detuvo, tomó un manojo de llaves, abrió primero la reja del jardín, luego la puerta de la casa y desapareció.

Lupin avanzó con precaución. Enseguida observó que los edificios de la carretera de la Révolte se prolongaban por la parte posterior hasta el muro del jardín.

Al acercarse, vio que ese muro era muy alto y que un cobertizo, construido al fondo del jardín, se apoyaba contra él.

Por la disposición del lugar, tuvo la certeza de que aquel cobertizo estaba adosado al que se elevaba en el último patio del número 3 y que servía de bodega al Buhonero.

De este modo, Léon Massier vivía en una casa contigua a la habitación donde se reunían los siete cómplices de la banda de Altenheim. Por consiguiente, Léon Massier era el jefe supremo que comandaba esa banda y, sin duda, se comunicaba con sus afiliados por un pasadizo que enlazaba ambos cobertizos.

—No me había equivocado —dijo Lupin—. Léon Massier y Louis de Malreich son uno. La situación se simplifica.

—De maravilla —aprobó Doudeville—. En pocos días todo estará arreglado.

—Es decir, que yo habré recibido una cuchillada en la garganta.

—¿Qué dice, patrón? ¡Vaya idea!

—¡Bah, quién sabe! Siempre he tenido el presentimiento de que ese monstruo me traería mala suerte.

A partir de ese momento se trataba de vigilar la vida de Malreich, de modo que ni uno solo de sus movimientos fuera ignorado.

Esa vida, si uno le creía a la gente del barrio que Doudeville interrogó, era de lo más extraña. El tipo del Pabellón, como lo llamaban, vivía allí desde hacía solamente unos meses. No veía ni recibía a nadie. No se le conocía ningún criado. Las ventanas, aun estando abiertas de par en par incluso durante la noche, permanecían siempre oscuras, sin que jamás las iluminara la claridad de una vela o de una lámpara.

Por lo demás, la mayor parte del tiempo Léon Massier salía al caer el día y no regresaba sino hasta muy tarde, al alba, según decían las personas que se lo habían encontrado al salir el sol.

—¿Y se sabe qué hace? —preguntó Lupin a su compañero, cuando este se reunió con él.

—No. Su existencia es absolutamente irregular, algunas veces desaparece durante varios días, o permanece encerrado. En suma, no saben nada.

—¡Y bien! Nosotros lo sabremos dentro de poco.

Se equivocaba. Después de ocho días de investigaciones y esfuerzos continuos, no había averiguado nada más en relación con aquel extraño individuo.

Ocurría algo extraordinario y era que, súbitamente, mientras Lupin seguía al hombre, que caminaba con paso corto a lo largo de las calles, sin jamás voltear ni detenerse, el hombre desaparecía como por encanto. Algunas veces utilizaba casas de doble salida, pero otras parecía desvanecerse en medio de la multitud, como un fantasma. Y Lupin quedaba allí petrificado, desconcertado, lleno de rabia y de confusión.

Corría enseguida a la calle Delaizement y montaba guardia. A los minutos se le añadían más minutos, y a los cuartos de hora, otros cuartos de hora. Transcurría parte de la noche. Y luego el hombre misterioso resurgía.

¿Qué había podido hacer?

IV

—Un telegrama para usted, patrón —le dijo Doudeville una noche, a eso de las ocho, al encontrarlo en la calle Delaizement.

Lupin lo rasgó. Mme. Kesselbach le suplicaba acudir en su auxilio. A la caída de la tarde, dos hombres se habían estacionado bajo sus ventanas y uno de ellos había dicho: «¡Vamos!, no hemos visto nada en particular. Entonces queda entendido, daremos el golpe esta noche».

Ella había bajado y constatado que la ventana de la despensa ya no cerraba o, cuando menos, que se podía abrir desde el exterior.

—En fin —dijo Lupin—, es el enemigo en persona quien nos ofrece esta batalla. ¡Tanto mejor! Ya tuve suficiente de vigilar las ventanas de Malreich.

—¿Está ahí ahora?

—No, me ha hecho una jugada de las suyas en París. Yo iba a jugarle una de las mías. Pero, primero, escúchame bien, Doudeville. Vas a reunir a una docena de nuestros hombres más fuertes. Lleva a Marco y al ujier Jérôme. Después del asunto del hotel Palace les había dado vacaciones. Que vengan por esta vez. Reunidos nuestros hombres, llévalos a la calle de Vignes. El viejo Charolais y su hijo deben ya estar montando guardia. Tú te pondrás de acuerdo con ellos y a las once y media vendrás a buscarme en la esquina de la calle de Vignes con la calle Raynouard. Desde allí vigilaremos la casa.

Doudeville se alejó. Lupin esperó otra hora hasta que la apacible calle Delaizement quedó completamente desierta; luego, al ver que Léon Massier no regresaba, se decidió y se acercó al pabellón.

No había nadie a su alrededor. Tomó impulso y saltó sobre el reborde de piedra del que se sostenía la reja del jardín. Unos minutos después estaba en el lugar.

Su plan consistía en forzar la puerta de la casa y registrar las habitaciones, a fin de encontrar las famosas cartas del emperador, robadas por Malreich en Veldenz. Pero pensó que una visita al cobertizo era más urgente.

Quedó muy sorprendido al ver que no estaba cerrado y constatar enseguida, a la luz de su linterna eléctrica, que estaba absolutamente vacía y que ninguna puerta aparecía en el muro del fondo.

Buscó largo rato sin éxito alguno. Pero afuera vio una escalera apoyada contra el cobertizo que, evidentemente, servía para subir a una especie de desván bajo el tejado de pizarra.

El desván estaba lleno de cajas viejas, haces de paja y bastidores de jardinero, o más bien parecían llenarlo, porque descubrió fácilmente un paso que lo conducía al muro.

Allí tropezó con un marco de ventana que intentó apartar. Al no poder hacerlo, lo examinó más de cerca y descubrió que estaba sujeto a la pared y que le faltaba uno de los vidrios.

Metió el brazo pero no había nada. Proyectó rápidamente la luz de la linterna y observó: era un gran hangar, un cobertizo más amplio que el del pabellón, repleto de hierros y objetos de toda clase.

«Aquí es», se dijo Lupin. «Este tragaluz está arriba del cobertizo del Buhonero y desde aquí Louis Malreich ve, escucha y vigila a sus cómplices, sin ser visto ni escuchado por ellos. Ahora me explico que no conozcan a su jefe».

Con esta información apagó su luz y se disponía a partir cuando una puerta se abrió abajo frente a él. Alguien entró. Se encendió una lámpara. Reconoció al Buhonero.

Decidió quedarse, no podía continuar mientras aquel hombre estuviera allí.

El Buhonero había sacado dos revólveres de su bolsillo. Verificó su funcionamiento y les cambió las balas mientras silbaba un estribillo escuchado en algún cabaret.

Así transcurrió una hora. Lupin comenzaba a inquietarse, sin decidirse, no obstante, a partir.

Pasaron otros dos minutos, media hora, una hora...

Por fin, el hombre dijo en voz alta:

—Entra.

Uno de los bandidos ingresó al cobertizo y, uno tras otro, llegaron un tercero y un cuarto.

—Estamos todos —dijo el Buhonero—. Dieudonné y Joufflu se nos unirán allá. Vamos, no hay tiempo que perder. ¿Todos están armados?

—Hasta los dientes.

—Tanto mejor. Se pondrá difícil.

—¿Cómo sabes, Buhonero?

—Vi al jefe. Cuando digo que lo vi, no; en fin, me habló.

—Sí —dijo uno de los hombres—. En las sombras, como siempre, en la esquina de una calle. ¡Ah! Me gustaba más Altenheim. Al menos, sabíamos lo que hacíamos.

—¿Y no lo sabes? —replicó el Buhonero—. Robaremos el domicilio de la Kesselbach.

—¿Y los dos guardianes? ¿Los dos sujetos que puso Lupin?

—Lástima por ellos. Nosotros somos siete. No les quedará más que callarse.

—¿Y la Kesselbach?

—Primero la mordaza, luego la cuerda y la traemos aquí. Mira, sobre ese viejo sofá. Aquí esperaremos las órdenes.

—¿Nos pagará bien?

—Las joyas de la Kesselbach, para comenzar.

—Sí, si tenemos éxito, pero hablo de certezas.

—Tres billetes de cien francos como adelanto para cada uno. Y después el doble.

—¿Tienes el dinero?

—Sí.

—¡Vaya! Podrá decirse lo que se quiera, pero en asuntos de pago no hay dos como ese tipo.

Y en una voz tan baja que Lupin apenas escuchó:

—Dinos, Buhonero, si nos vemos obligados a usar el cuchillo, ¿hay alguna prima?

—La misma de siempre. Dos mil.

—¿Si es Lupin?

—Tres mil.

—¡Ah!, si pudiéramos capturar a ese.

Uno tras otro salieron del cobertizo. Lupin alcanzó a escuchar estas palabras del Buhonero:

—He aquí el plan de ataque. Nos separaremos en tres grupos. Un silbido, y cada uno avanzará.

A toda prisa Lupin salió de su escondite, bajó por la escalera, rodeó el pabellón sin entrar en él y volvió a pasar por encima de la reja.

«El Buhonero tiene razón, va a estar difícil. ¡Ah!, ¡quieren matarme! ¡Una prima por Lupin! ¡Esos canallas!».

Pasó la oficina tributaria y saltó en un taxi.

—Calle Raynouard.

Lo hizo detenerse a trescientos pasos de la calle de Vignes y caminó hasta la esquina de ambas calles. Para su gran estupor, Doudeville no estaba allí.

«Qué extraño. Ya es más de medianoche. Este asunto me parece sospechoso», se dijo Lupin.

Esperó con paciencia diez minutos, veinte minutos. A las doce y media aún nadie. Un retraso era peligroso. Después de todo, si Doudeville y sus amigos no habían podido venir, Charolais, su hijo y él, Lupin, bastarían para rechazar el ataque, sin contar con la ayuda de los criados. Avanzó. Pero le aparecieron dos hombres que intentaban disimularse en las sombras de una hondonada.

«¡Caray!», pensó. «La vanguardia de la banda. Dieudonné y Joufflu. Fue una estupidez quedarme atrás».

Allí volvió a perder más tiempo. ¿Caminaría hacia ellos para ponerlos fuera de combate y penetrar enseguida en la casa, por la ventana de la despensa, que sabía que no tenía cerrojo?

Esta era la decisión más prudente que le permitiría, además, llevarse de inmediato a Mme. Kesselbach y ponerla fuera de peligro.

Sí, pero también suponía el fracaso de su plan, y perder aquella oportunidad única de atrapar a la banda entera y, sin duda alguna, también a Louis de Malreich.

De pronto se escuchó un silbido en alguna parte, del otro lado de la casa. ¿Serían ya los otros? ¿Habría un contraataque por el jardín? Pero, a la señal, los dos hombres entraron por la ventana, y luego desaparecieron.

Lupin se apresuró, escaló el balcón y saltó hacia la antecocina. Por el ruido de pasos, juzgó que los asaltantes habían pasado al jardín y el ruido fue tan claro que se tranquilizó. Charolais y su hijo no podían no haberlo escuchado.

El dormitorio de Mme. Kesselbach se encontraba junto al descanso de la escalera. Rápidamente entró. A la luz de una lamparilla vio a Dolores sobre un diván, desmayada. Se precipitó sobre ella, la levantó y con voz imperiosa la obligó a responderle.

—Escuche. ¿Charolais? ¿Su hijo? ¿Dónde están?

Ella balbució:

—¿Cómo? Se fueron...

—¿Qué? ¿Se fueron?

—Usted me escribió. Hace una hora me envió un mensaje telefónico.

Él tomó un papel azul que estaba junto a ella y leyó:

«Mándeme de inmediato a los dos guardias y a todos mis hombres, los espero en el Gran Hotel. No tema».

—¡Diablos!, y usted lo creyó. Pero ¿y sus criados?

—Se fueron.

Se acercó a la ventana. Afuera, tres hombres venían del fondo del jardín. Por la ventana de la habitación vecina, que daba a la calle, vio a otros dos en el exterior.

Inmediatamente pensó en Dieudonné, en Joufflu y, sobre todo, en Louis de Malreich, que debía rondar invisible y formidable.

—¡Diantres! —murmuró—. Comienzo a creer que estoy perdido.

VII

EL HOMBRE DE NEGRO

UNO

En ese instante, Arsène Lupin tuvo la impresión, la certeza, de que lo habían atraído a una emboscada por medios que no tenía tiempo de discernir, pero en los cuales se adivinaba una habilidad y destreza prodigiosas.

Todo estaba planeado, todo estaba previsto: el alejamiento de sus hombres, la desaparición o la traición de los criados, su presencia misma en la mansión de Mme. Kesselbach.

Evidentemente, todo aquello había sucedido a voluntad del enemigo, gracias a unas circunstancias propicias casi milagrosas.

Porque él habría podido llegar antes de que el falso mensaje obligara a sus amigos a partir. Entonces hubiera sido la batalla de su banda contra la de Altenheim. Recordando la conducta de Malreich, el asesinato de Altenheim, el envenenamiento de la loca de Veldenz, Lupin se preguntó si la emboscada estaba dirigida contra él y si Malreich no habría previsto como posible una batalla general y la supresión de sus cómplices que ahora le estorbaban.

Fue más bien la intuición, una idea fugaz que le pasó por la cabeza. Ahora era el momento de la acción. Era preciso defender a Dolores, cuyo secuestro, sin duda, era la razón misma del ataque.

Atrancó la ventana de la calle y amartilló su revólver. Un disparo daría la alarma en el barrio y los bandidos huirían.

—¡Pues no! —murmuró—. No se dirá que huí de la lucha. La ocasión es demasiado bella; además, ¡quién sabe si escaparían! Son numerosos y no les importan los vecinos.

Regresó al dormitorio de Dolores. Abajo se oyó ruido. Escuchó y, como provenía de la escalera, cerró la puerta con doble llave.

Dolores lloraba y se convulsionaba en el diván.

Él le suplicó:

—¿Tiene usted fuerzas? Estamos en el primer piso. Podría ayudarla a bajar con sábanas por la ventana.

—No, no, no me abandone... van a matarme, defiéndame.

La tomó en brazos y la llevó a la recámara vecina; se inclinó sobre ella y dijo:

—No se mueva y permanezca tranquila. Le juro que mientras yo viva ninguno de esos hombres la tocará.

La puerta de la primera recámara se abrió con una sacudida. Dolores exclamó, aferrándose a él:

—¡Ah!, Helos aquí. Lo matarán, usted está solo.

—No estoy solo: usted está aquí. Usted está aquí junto a mí —respondió apasionado.

Él quiso desprenderse. Ella le tomó la cabeza entre las manos, lo miró profundamente a los ojos, y murmuró:

—¿Adónde va? ¿Qué va a hacer? No, no muera... no quiero. Tiene que vivir, tiene que vivir.

Balbució palabras que él no escuchó y que parecían ahogarse entre sus labios para que no las escuchara y, sin aliento, extenuada, perdió el conocimiento.

Él se inclinó sobre ella y la contempló un instante. Le rozó el cabello con un beso suave. Luego regresó a la habitación vecina, cerró con cuidado la puerta que separaba las dos estancias y encendió la luz eléctrica.

—¡Un minuto, muchachos! —exclamó—. ¿Tanta prisa en ser liquidados? ¿Saben que Lupin es quien se encuentra aquí? ¡Que comience el baile!

Mientras hablaba había desplegado un biombo de manera que se ocultara el sofá donde momentos atrás reposaba Mme. Kesselbach. Arrojó sobre el sofá batas y ropa de cama.

La puerta iba a ceder bajo el esfuerzo de los atacantes.

—¡Listo! ¡Voy corriendo! ¿Están preparados? ¡Y bien! Al primero de estos señores...

Rápidamente giró la llave y quitó el cerrojo.

Gritos, amenazas, un tumulto de bestias odiosas en el marco de la puerta abierta. Sin embargo, ninguno osaba avanzar. Antes de lanzarse sobre Lupin titubeaban, presas de la inquietud y del miedo.

Es lo que él había previsto.

De pie en medio de la habitación, bien iluminado, con el brazo extendido, mostraba entre sus dedos un fajo de billetes de banco, con los cuales formaba, contándolos uno a uno, siete partes iguales. Y tranquilamente declaró:

—¿Tres mil francos de prima para cada uno si Lupin es enviado *ad patres*? ¿No es eso lo que les prometieron? He aquí el doble.

Depositó los paquetes sobre una mesa, al alcance de los bandidos.

El Buhonero gritó:

—¡Patrañas! Trata de ganar tiempo. ¡Disparemos!

Levantó el brazo. Sus compañeros lo detuvieron.

Lupin continuó:

—Por supuesto, eso no cambia en nada los planes generales. El grupo está aquí para, primero, secuestrar a Mme. Kesselbach; segundo, de ser posible, tomar sus alhajas. Yo me consideraría como el último de los miserables si me opusiera a ese doble propósito.

—¡Ah!, entonces, ¿adónde quieres llegar? —masculló el Buhonero, que escuchaba a pesar suyo.

—¡Ah, ah!, Buhonero, empiezo a interesarte. Entra, pues, viejo amigo, que entren todos, hay corrientes de aire en lo alto de la escalera y no es bueno que hombres tan encantadores como ustedes se arriesgan a pescar un catarro. ¡Qué pasa! ¿Tenemos miedo? Yo estoy completamente solo. Vamos, valor, mis corderitos.

Entraron en la recámara, intrigados y desconfiados.

—Cierra la puerta, Buhonero, así estaremos más cómodos. Gracias, viejo. ¡Ah! Dicho sea de paso, veo que los billetes de mil han desaparecido. Por consiguiente, estamos de acuerdo. ¡Así es como se entiende la gente honesta!

—¿Y luego?

—¿Luego? ¡Pues bien! Dado que ahora somos socios...

—¡Socios!

—Caray, ¿acaso no aceptaron mi dinero? Trabajamos juntos, viejo, y juntos seguiremos para, primero, secuestrar a la joven; segundo, llevarnos las alhajas.

El Buhonero se burló:

—No te necesitamos.

—Sí, viejo.

—¿Para qué?

—Nadie sabe dónde está el escondite de las alhajas; yo sí lo conozco.

—Lo encontraremos.

—Mañana, no esta noche.

—Entonces, habla. ¿Qué quieres?

—Una parte de las joyas.

—Entonces, ¿por qué no has tomado todo, dado que conoces el escondite?

—Imposible abrirlo yo solo. Hay un secreto, pero lo ignoro. Ya que tu grupo está aquí, me serviré de todos.

El Buhonero titubeó.

—Repartir... repartir unos cuantos pedruscos y un poco de cobre, quizá.

—¡Imbécil! Hay más de un millón.

Los hombres se estremecieron, impresionados.

—Que así sea —dijo el Buhonero—. Pero ¿si la Kesselbach se escapa? Ella está en la otra recámara, ¿no es así?

—No, está aquí. —Lupin apartó un instante una de las hojas del biombo y dejó entrever el amasijo de batas y mantas que había acomodado sobre el sofá—. Se desmayó, pero no la soltaré hasta que hayamos dividido el botín.

—Pero...

—Pues lo toman o lo dejan. Aunque esté solo, ustedes ya saben lo que valgo. ¿Y bien?

Los hombres se consultaron y el Buhonero dijo:

—¿Dónde está el escondite?

—Bajo el hogar de la chimenea. Cuando se ignora el secreto, al parecer es necesario levantar primero toda la chimenea, el espejo, los mármoles, todo en bloque. El trabajo es duro.

—¡Bah! Estamos en forma. Ya lo verás. En cinco minutos.

Dio las órdenes y enseguida sus compañeros pusieron manos a la obra con un entusiasmo y una disciplina admirables. Dos de ellos, subidos sobre sillas, se esforzaron por quitar el espejo. Los otros cuatro se encargaron de la chimenea. El Buhonero, de rodillas, vigilaba el hogar y ordenaba:

—¡Duro, muchachos! Juntos, por favor. Atención... una, dos... ¡ah!, ¡miren, se mueve!

Inmóvil, detrás de ellos, con las manos en los bolsillos, Lupin los observaba con ternura y, al mismo tiempo, saboreaba con todo su orgullo de artista y maestro, aquella prueba tan sólida de su autoridad, de su fuerza, del control increíble que ejercía sobre los demás. ¿Cómo habían podido aquellos bandidos admitir por un segundo su inverosímil historia y perder toda noción de las cosas, hasta el punto de abandonar cualquier oportunidad de batalla?

Sacó de los bolsillos dos grandes revólveres, macizos y formidables, extendió ambos brazos y tranquilamente, escogiendo a los primeros hombres que abatiría, y luego los otros dos que caerían enseguida, apuntó como hubiera apuntado a dos blancos en un campo de tiro.

Dos disparos simultáneos y luego otros dos. Alaridos. Cuatro hombres se desplomaron, uno tras otro, como muñecos en un juego de masacre.

—Cuatro de siete. Quedan tres —dijo Lupin—. ¿Continuamos?

Sus brazos permanecían extendidos, ambos revólveres apuntaban al grupo que formaban el Buhonero y sus dos compañeros.

—¡Bastardo! —gruñó el Buhonero, buscando un arma.

—¡Arriba las pezuñas! —gritó Lupin—, o disparo. ¡Perfecto! Ahora, ustedes, desármenlo; de lo contrario...

Temblando de miedo, los dos bandidos inmovilizaron a su jefe y lo obligaron a someterse.

—¡Amárrenlo! ¡Amárrenlo, demonios! ¿Qué les importa...? Cuando me haya ido, todos ustedes quedan libres. Vamos, ¿ya acabaron? Las muñecas primero, con sus cinturones... Y los tobillos... Más rápido.

Desamparado, vencido, el Buhonero ya no se resistía. Mientras sus compañeros lo amarraban, Lupin se agachó sobre ellos y les asestó dos terribles golpes con las cachas sobre la cabeza. Se desplomaron.

—Buen trabajo —dijo, respirando—. Lástima que no haya cincuenta más, estoy en forma. Todo con tanta facilidad, con la sonrisa en los labios. ¿Qué piensas, Buhonero?

El bandido refunfuñaba.

—No te pongas melancólico, viejo —agregó—. Consuélate con la idea de que cooperas para una buena acción, la salvación de Mme. Kesselbach. Ella misma te agradecerá tu galantería.

Se dirigió hacia la puerta de la segunda recámara y la abrió.

—¡Ah! —exclamó, deteniéndose en el umbral, sorprendido, desconcertado.

La habitación estaba vacía.

Se acercó a la ventana y vio una escalera apoyada contra el balcón, una escalera de acero desmontable.

—La secuestraron... la secuestraron —murmuró—. Louis de Malreich... ¡Ah!, ¡ese rufián!

II

Reflexionó un minuto mientras se esforzaba por dominar su angustia; se dijo que, después de todo, como Mme. Kesselbach no parecía correr ningún peligro inmediato, no había motivo para alarmarse. Pero una rabia súbita lo sacudió y se precipitó sobre los bandidos, dio algunos puntapiés a los heridos que se agitaban, buscó y recuperó sus billetes, luego los amordazó, les amarró las manos con todo lo que encontró —cordones de cortinas, mantas y sábanas reducidas a tiras— y al final alineó sobre la alfombra, frente al sofá, siete envoltorios humanos, apretados unos contra otros y atados como paquetes.

—Brocheta de momias al sofá —se burló—. ¡Un platillo suculento para un aficionado! ¡Banda de idiotas, qué mal hacen cuentas! Ahora están como ahogados en la morgue por atreverse a atacar a Lupin, a Lupin el defensor de viudas y huérfanos. ¿Tienen miedo? ¡No hay por qué tenerlo, corderitos! Lupin jamás le ha hecho daño ni a una mosca. Lupin es un hombre honesto a quien no le gustan los canallas, y conoce sus deberes. Veamos, ¿es que acaso se puede vivir con unos sinvergüenzas como ustedes? ¿Qué?, ¿ya no hay respeto por la vida del prójimo? ¿No hay respeto por los bienes de otros? ¿No hay leyes ni sociedad ni conciencia ni nada? ¿Adónde vamos a parar, Señor, adónde vamos a parar?

Sin siquiera tomarse la molestia de encerrarlos, salió de la recámara, llegó a la calle y caminó hasta llegar a su taxi. Envió al chofer a buscar otro auto y los juntó delante de la mansión de Mme. Kesselbach.

Una buena propina por adelantado evitó explicaciones ociosas. Con la ayuda de los dos hombres bajó a los siete prisioneros y los instaló en los autos, revueltos, unos sobre el regazo de otros. Los heridos lloraban y gemían. Cerró las portezuelas.

—Cuidado con las manos —dijo.

Subió a un asiento del primer coche.

—En marcha.

—¿Adónde vamos? —preguntó el chofer.

—*Quai des Orfèvres*, número 36, a la *Sûreté*.

Los motores zumbaron al ponerse en marcha y el extraño cortejo bajó a toda prisa por las pendientes de Trocadero.

En las calles rebasaron algunas carretas de legumbres. Unos hombres armados con pértigas apagaban las farolas. Había estrellas en el cielo. Una fresca brisa flotaba en el aire. Lupin cantaba.

La plaza de la Concordia, el Louvre. A lo lejos, la masa negra de Notre-Dame.

Volteó y entreabrió la portezuela:

—¿Todo bien, colegas? Yo también, gracias. La noche es magnífica, ¡se respira un aire...!

Saltaron sobre los adoquines desiguales que bordeaban el Sena; enseguida surgió el Palacio de Justicia y la puerta de la *Sûreté*.

—Quédate aquí —ordenó Lupin a su chofer—. Sobre todo, vigila bien a los siete clientes.

Cruzó el primer patio y siguió el pasillo de la derecha, que conducía a los locales del servicio central. Allí estaban de guardia permanente algunos inspectores.

—Traigo piezas de caza, señores, y grandes. ¿Está Weber? Soy el nuevo comisario de policía de Auteuil.

—Weber está en su casa. ¿Hay que avisarle?

—Un segundo. Tengo prisa. Le dejaré un mensaje.

Se sentó a una mesa y escribió:

Mi querido Weber:

Te traigo a los siete bandidos que formaban la banda de Altenheim, los que mataron a Gourel y a muchos otros, y que también me mataron a mí bajo el nombre de Lenormand.

Solo falta su jefe. Procederé a su arresto inmediato. Ven a reunirte conmigo. Él vive en Neuilly, calle Delaizement, y se hace llamar Léon Massier.

Saludos cordiales,

Arsène Lupin
Jefe de la *Sûreté*

Lo metió en un sobre y lo selló.

—Esto es para M. Weber. Es urgente. Y ahora necesito siete hombres para recibir la mercancía. La dejé frente a la puerta.

Delante de los coches se les unió un inspector principal.

—¡Ah!, es usted, señor Lebœuf —le dijo—. He hecho una buena redada: toda la banda de Altenheim. Están dentro de los autos.

—¿Y dónde los capturó?

—Tratando de secuestrar a Mme. Kesselbach y de saquear su mansión. Pero explicaré todo en el momento oportuno.

El inspector principal lo llevó a un lado, y con aire sorprendido le dijo:

—Disculpe, me fueron a buscar de parte del comisario de Auteuil, pero no me parece... ¿Con quién tengo el honor de hablar?

—Con la persona que le hace el espléndido regalo de siete malhechores de la más estupenda calidad.

—De todos modos, quisiera saber...

—¿Mi nombre?

—Sí.

—Arsène Lupin.

De inmediato, le metió una zancadilla a su interlocutor, corrió hasta la calle de Rivoli, saltó dentro de un automóvil que pasaba y ordenó al conductor que lo llevara a la puerta de Ternes.

Los edificios de la carretera de la Révolte estaban cerca; se dirigió hacia el número 3.

A pesar de toda su sangre fría y del control que tenía sobre sí mismo, Arsène Lupin no lograba dominar la emoción que lo invadía. ¿Encontraría a Dolores Kesselbach? ¿Louis de Malreich habría llevado a la joven a su casa o al cobertizo del Buhonero?

Lupin había tomado del Buhonero la llave del cobertizo, de suerte que le fue fácil, después de tocar y atravesar todos los patios, abrir la puerta y entrar en el almacén de cacharros.

Encendió su linterna y se orientó. Un poco a la derecha estaba el espacio libre donde él había visto a los cómplices celebrar su último conciliábulo.

Sobre el sofá que el Buhonero había señalado, notó una silueta negra. Envuelta en mantas y amordazada, allí yacía Dolores.

Fue en su ayuda.

—¡Ah! ¡Es usted! ¡Es usted! —balbució ella—. ¿No le hicieron nada? —Enseguida se irguió y señaló el fondo del almacén—. Por allá, se fue por ese lado. Lo escuché, estoy segura. Hay que ir tras él, se lo ruego.

—Usted primero —respondió él.

—No, él. Atáquelo, se lo ruego. Atáquelo.

Esta vez, en lugar de abatirla, el miedo parecía darle fuerzas inusitadas. En su inmenso deseo de librarse del implacable enemigo que la torturaba, repetía sin cesar:

—Primero él. No puedo vivir así. Tiene que salvarme de él, tiene que hacerlo. No puedo seguir viviendo así.

Él la desató, la tendió cuidadosamente sobre el sofá y le dijo:

—Tiene usted razón. Además, aquí no tiene nada que temer; espéreme, no me tardo.

Cuando comenzaba a alejarse, ella le tomó la mano con fuerza:

—Pero ¿y usted?

—¿Yo?

—Si ese hombre...

Se hubiera dicho que temía por Lupin en aquel combate supremo al que lo exponía y que, en el último momento, hubiera estado feliz de retenerlo.

—Gracias, esté tranquila. ¿Qué tengo que temer? Él está solo —murmuró.

Se apartó y se dirigió hacia el fondo de la habitación. Tal como esperaba, descubrió una escalera apoyada contra el muro que le conducía hasta el nivel del pequeño tragaluz gracias al cual había asistido a la reunión de los bandidos. Aquel era el camino que Malreich había tomado para regresar a su casa de la calle Delaizement.

Siguió ese mismo camino como lo había hecho algunas horas antes, pasó al otro cobertizo y descendió al jardín. Se encontraba detrás del pabellón ocupado por Malreich.

Cosa extraña, no dudó ni un segundo que Malreich estuviera allí. Inevitablemente iba a encontrárselo y el duelo formidable que sostenían uno contra otro llegaría a su fin. Unos minutos más y todo habría terminado.

Quedó desconcertado cuando al tomar la manija de una puerta, esta giró y la puerta cedió. El pabellón ni siquiera estaba cerrado. Atravesó una cocina, un vestíbulo y subió una escalera; avanzó decidido, sin tratar de amortiguar el ruido de sus pasos. Se detuvo en el descansillo. El sudor empapaba su frente y sus sienes latían con fuerza.

Sin embargo, permanecía tranquilo, dueño de sí y consciente de hasta el menor de sus pensamientos.

Depositó sobre un peldaño sus dos revólveres.

«Nada de armas», se dijo. «Solo mis manos, nada más que la fuerza de mis dos manos, eso bastará, será mejor así».

Frente a él había tres puertas. Escogió la de en medio y giró la manija. Ningún obstáculo. Entró.

No había luz en la habitación, pero por la ventana abierta de par en par penetraba la claridad de la noche, y en la sombra percibió las sábanas blancas y las cortinas de la cama.

Allí, alguien se incorporaba.

De inmediato dirigió la luz de su linterna sobre aquella silueta.

—¡Malreich!

El rostro pálido de Malreich, los ojos sombríos, los pómulos cadavéricos, el cuello descarnado... Todo aquello estaba inmóvil, a cinco pasos de él, y él no habría sabido decir si aquel rostro inerte, si aquel rostro de muerto expresaba el menor terror o incluso un poco de inquietud.

Lupin avanzó un paso, un segundo, un tercero. El hombre no se movía. ¿Veía? ¿Comprendía? Se hubiera dicho que sus ojos miraban al vacío y que estaba obsesionado por una alucinación, más que sorprendido por una imagen real.

Un paso más...

«Va a defenderse», pensó Lupin. «Tiene que defenderse».

Lupin estiró un brazo hacia él. El hombre no hizo ni un gesto, no retrocedió, sus párpados no se movieron. Se produjo el contacto.

Fue Lupin quien, trastornado, espantado, perdió la cabeza. Derribó al hombre, lo acostó sobre la cama, lo envolvió en las sábanas, lo ató entre sus mantas y lo sujetó bajo su rodilla como una presa sin que este intentara hacer el menor gesto de resistencia.

—¡Ah! —exclamó Lupin, embriagado de alegría y de odio contenido—. Al fin te he aplastado, bestia odiosa. Al fin, soy el amo.

Escuchó ruido fuera, en la calle Delaizement, golpes que azotaban la reja. Se precipitó hacia la ventana y gritó:

—¡Eres tú, Weber! ¿Ya? Muy oportuno. Eres un servidor modelo. Fuerza la reja, amigo, y apresúrate, bienvenido.

En pocos minutos registró la ropa de su prisionero, se apoderó de su cartera, tomó todos los papeles que pudo encontrar en las gavetas del escritorio y del secreter, los arrojó sobre la mesa y los examinó. Lanzó un grito de alegría: el paquete de cartas estaba allí, el paquete de las famosas cartas que había prometido entregarle al emperador.

Devolvió los papeles a su lugar y corrió a la ventana.

—¡Todo listo, Weber! ¡Puedes entrar! Encontrarás al asesino de Kesselbach en su cama, completamente preparado y amarrado. Adiós, Weber.

Lupin bajó a saltos la escalera, corrió hasta el cobertizo y, mientras Weber entraba en la casa, se reunió con Dolores Kesselbach.

Él solo había detenido a los siete compañeros de Altenheim. ¡Y había entregado a la justicia al misterioso jefe de la banda, el monstruo infame Louis de Malreich!

III

En un largo balcón de madera, en una mesa, un joven escribía.

A veces levantaba la cabeza y contemplaba con mirada vaga el horizonte de colinas, donde los árboles, despojados por el otoño, dejaban caer sus últimas hojas sobre los techos rojos de las casas y sobre los pastos de los jardines. Luego reinició su escritura.

Al cabo de un momento tomó la hoja de papel y leyó en voz alta:

Nuestros días se van a la deriva
como llevados por una corriente
que los empuja hacia una orilla
a la que solo se llega tras la muerte.

—No está mal —dijo una voz detrás de él—. Mme. Amable Tastu no lo hubiera hecho mejor. En fin, no todo el mundo puede ser Lamartine.

—¡Usted! ¡Usted! —balbució el joven desconcertado.

—Pues sí, poeta, yo mismo, Arsène Lupin, que viene a ver a su querido amigo Pierre Leduc.

Pierre Leduc se puso a temblar como tiritando de fiebre. Dijo en voz baja:

—¿Llegó la hora?

—Sí, mi excelente Pierre Leduc, ha llegado para ti la hora de dejar o, mejor dicho, de interrumpir la apagada existencia de poeta que llevas desde hace varios meses a los pies de Geneviève Ernemont y de Mme. Kesselbach, y de interpretar el papel que te he reservado en mi obra, una obra hermosa, te lo aseguro; un pequeño drama bien estructurado, según las reglas del arte, con trémolos, risas y penas. Hemos llegado al quinto

· 157

acto, el desenlace se acerca, y tú, Pierre Leduc, serás el héroe. ¡Qué gloria!

El joven se levantó:

—¿Y si me niego?

—¡Idiota!

—Sí, ¿si me niego? Después de todo, ¿quién me obliga a someterme a su voluntad? ¿Quién me obliga a aceptar un papel que aún no conozco, pero que me repugna por anticipado y del cual siento vergüenza?

—¡Idiota! —repitió Lupin.

Forzó a Pierre Leduc a sentarse, se sentó junto a él y con su voz más suave dijo:

—Olvidas por completo, mi buen joven, que tú no te llamas Pierre Leduc, sino Gérard Baupré. Y si portas el nombre admirable de Pierre Leduc, es que tú, Gérard Baupré, has asesinado a Pierre Leduc y le has robado su personalidad.

El joven saltó de indignación:

—Usted está loco. Sabe bien que usted planeó todo esto.

—Caray, sí, lo sé bien; pero ¿qué pensará la justicia cuando le proporcione la prueba de que el verdadero Pierre Leduc murió de muerte violenta y que tú has tomado su lugar?

Aterrado, el joven tartamudeó:

—No lo creerán. ¿Por qué habría de hacer yo eso? ¿Con qué objetivo?

—¡Idiota! El objetivo es tan claro que hasta Weber lo habría adivinado. Mientes cuando dices que no quieres aceptar un papel que ignoras. El papel lo conoces. Es el que hubiera representado Pierre Leduc si no hubiera muerto.

—Pero Pierre Leduc, para mí, para todo el mundo no es más que un nombre. ¿Quién era él? ¿Quién era yo?

—¿Y qué puede importarte?

—Quiero saber. Quiero saber adónde voy.

—¿Y si lo sabes, ¿caminarás derecho hacia adelante?

—Sí, si ese objetivo del que habla vale la pena.

—Sin eso, ¿crees que me tomaría tanto trabajo?

—¿Qué sé yo? Sea cual sea mi destino, tenga la seguridad de que seré digno de él. Pero quiero saberlo. ¿Quién soy yo?

Arsène Lupin se quitó el sombrero e inclinándose dijo:

—Hermann IV, gran duque de Deux-Ponts-Veldenz, príncipe de Berncastel, elector de Tréveris y señor de otros lugares.

Tres días más tarde, Lupin llevó a Mme. Kesselbach en automóvil a la frontera. El viaje fue silencioso.

Lupin recordaba con emoción el gesto atemorizado de Dolores y las palabras que ella había pronunciado en la casa de la calle de Vignes, en el momento en que iba a defenderla contra los cómplices de Altenheim. Ella debía recordarlo también, porque permanecía avergonzada en su presencia y visiblemente turbada.

Por la noche llegaron a un pequeño castillo revestido de hojas y flores, cubierto por una enorme cúpula de pizarra y rodeado de un gran jardín de árboles seculares.

Allí encontraron a Geneviève ya instalada, que regresaba del pueblo vecino, donde había seleccionado sirvientes del lugar.

—Esta es su residencia, señora —dijo Lupin—. Es el castillo de Bruggen. Aquí esperará en completa seguridad el fin de estos acontecimientos. Mañana, Pierre Leduc, a quien ya he avisado, será su huésped.

Partió enseguida, se dirigió a Veldenz y entregó al conde de Waldemar el paquete de las famosas cartas que había recuperado.

—Conoce mis condiciones, mi querido Waldemar —dijo Lupin—. Se trata, ante todo, de reconstruir la casa de Deux-Ponts-Veldenz y devolverle el gran ducado al gran duque Hermann IV.

—Desde hoy iniciaré las negociaciones con el Consejo de Regencia. Según mis informes, eso será cosa fácil. Pero, ¿y el gran duque Hermann?

—Su alteza vive actualmente bajo el nombre de Pierre Leduc en el castillo de Bruggen. Daré todas las pruebas que hagan falta sobre su identidad.

La misma noche Lupin retomó el camino de París con la intención de ayudar en el avance del juicio de Malreich y de los siete bandidos.

Sería aburrido hablar de qué sucedió con ese asunto, la forma en que se condujo y cómo se desarrolló, ya que todos los hechos y hasta los más pequeños detalles están presentes en la memoria de todos. Es uno de esos acontecimientos extraordinarios que incluso los campesinos más humildes de los pueblos más lejanos cuentan y comentan entre ellos.

Pero lo que yo quisiera recordar es el gran papel que jugó Arsène Lupin en la prosecución del caso y en los incidentes de la instrucción del caso.

De hecho, fue él quien dirigió la investigación judicial. Desde el inicio sustituyó a los poderes públicos, ordenando las pesquisas, indicando las medidas a tomar y prescribiendo las preguntas a formular a los detenidos; tenía respuesta a todo.

¿Quién no recuerda el desconcierto general cada mañana cuando se leían en los diarios aquellas cartas de una lógica y autoridad irresistibles; esas cartas firmadas por turnos:

Arsène Lupin, juez de instrucción.
Arsène Lupin, procurador general.
Arsène Lupin, ministro de Justicia.
Arsène Lupin, policía.

Ponía en la tarea tal entusiasmo, tal ardor e incluso tal violencia, que se sorprendía a sí mismo, quien de costumbre era irónico y, en suma, cuyo temperamento siempre estaba dispuesto a una indulgencia en cierta forma profesional.

No, esta vez, odiaba.

Odiaba a Louis de Malreich, bandido sanguinario, bestia inmunda, del cual siempre había sentido miedo y que, incluso encerrado, incluso vencido, le producía aún aquella impresión de temor y repugnancia que se experimenta a la vista de un reptil. Además, ¿acaso Malreich no había tenido la audacia de perseguir a Dolores?

«Jugó, perdió y perderá la cabeza», se decía Lupin.

Eso era lo que quería para su terrible enemigo: el cadalso, la mañana pálida en que la hoja de la guillotina se desliza y mata.

¡Qué extraño era el acusado, aquel a quien el juez de instrucción interrogó durante meses entre los muros de su oficina! ¡Qué extraño era ese personaje huesudo, con rostro esquelético y ojos muertos! Parecía ausente. No estaba allí, sino en otro lugar. ¡Ni siquiera le interesaba responder!

—Me llamo Léon Massier.

Esa fue la única frase en que se encerró.

Y Lupin replicaba:

—¡Mientes! Léon Massier, nacido en Périgueux, huérfano a la edad de diez años, murió hace siete años. Tomaste sus documentos. Pero olvidaste su certificado de defunción. Aquí está.

Lupin envió al ministerio público una copia del acta.

—Yo soy Léon Massier —afirmaba de nuevo el detenido.

—Mientes —replicaba Lupin—. Tú eres Louis de Malreich, el último descendiente de un pequeño noble establecido en Alemania en el siglo XVIII. Tenías un hermano, que se hizo llamar Parbury, Ribeira y Altenheim: a ese hermano lo mataste. Tenías una hermana, Isilda de Malreich: a esa hermana la mataste.

—Yo soy Léon Massier.

—Mientes. Eres Malreich. Aquí está tu acta de nacimiento y aquí están la de tu hermano y la de tu hermana.

Lupin también envió las tres actas.

Por lo demás, salvo en lo que concernía a su identidad, Malreich no se defendió, sin duda abrumado por la acumulación de pruebas que se presentaban en su contra. ¿Qué podía decir? Poseían cuarenta notas y cartas escritas de su puño y letra, demostrado por grafólogos, a la banda de sus cómplices, y que había olvidado destruir después de haberlas recuperado.

Todas estas notas eran órdenes sobre el asunto Kesselbach, el secuestro de M. Lenormand y de Gourel, la persecución del viejo Steinweg, la construcción de los subterráneos de Garches, etcétera. ¿Era posible negarlo?

Una cosa bastante extraña desconcertaba a la justicia. Confrontados con su jefe, los siete bandidos afirmaron que no lo conocían en absoluto. Jamás lo habían visto. Recibían las instrucciones por teléfono, o bien en las sombras, por medio, precisamente, de aquellas notas que Malreich les entregaba rápidamente, sin una palabra.

Asimismo, ¿la comunicación entre el pabellón de la calle Delaizement y el cobertizo del Buhonero no era prueba suficiente de complicidad? Desde allí, Malreich veía y escuchaba. Desde allí, el jefe vigilaba a sus hombres.

¿Las contradicciones? ¿Los hechos en apariencia irreconciliables? Lupin explicaba todo. En un artículo célebre publicado la mañana del juicio, consideró el caso desde el inicio, reveló sus hechos ocultos, desenredó la madeja; mostró cómo, sin que nadie lo supiera, Malreich vivía en la habitación de su hermano, el falso mayor Parbury, desde donde iba y venía, invisible por los pasillos del Palace; así asesinó a Kesselbach, al mozo del hotel y asesinó al secretario Chapman.

Se recuerdan los debates. Fueron aterradores y sombríos. Aterradores por la atmósfera de angustia que pesaba sobre la multitud que asistía a ellos y por los recuerdos de crimen y sangre que obsesionaban las memorias. Sombríos, pesados, oscuros, asfixiantes, debido al extraordinario silencio que guardaba el acusado.

Ni una muestra de rebeldía. Ni un movimiento. Ni una palabra. ¡Una figura de cera que no veía ni escuchaba! ¡Una visión espantosa de calma e impasibilidad!

En la sala, la gente se estremecía. Más que a un hombre, las imaginaciones alocadas evocaban una suerte de ser sobrenatural, un genio de las leyendas orientales, uno de esos dioses de là India que son el símbolo de todo cuanto existe de feroz, cruel, sanguinario y destructor.

En cuanto a los otros bandidos, ni siquiera los miraban; eran compinches insignificantes que se perdían a la sombra de este líder desmedido.

La declaración más emocionante fue la de Mme. Kesselbach. Para el asombro de todos, y ante la sorpresa del propio Lupin, Dolores, que no había respondido a ninguna de las citaciones del juez y cuyo retiro se ignoraba, apareció como viuda doliente para aportar un testimonio irrecusable contra el asesino de su marido. Después de mirarlo durante un largo rato, simplemente dijo:

—Es él quien entró a mi mansión de la calle de Vignes; es él quien me secuestró y es él quien me encerró en el cobertizo del Buhonero. Lo reconozco.

—¿Lo jura usted?

—Lo juro ante Dios y ante los hombres.

Al día siguiente, Louis de Malreich, alias Léon Massier, fue condenado a muerte. Cabría decir que su personalidad absorbía de tal manera a la de sus cómplices, que estos se beneficiaron de circunstancias atenuantes.

—Louis de Malreich, ¿no tiene nada que decir? —preguntó el presidente del Tribunal.

No respondió.

Una sola cuestión seguía siendo incomprensible a los ojos de Lupin. ¿Por qué Malreich había cometido todos aquellos crímenes? ¿Qué quería? ¿Cuál era su objetivo?

Lupin no iba a tardar en averiguarlo y se acercaba el día en que, jadeando de horror, desesperado, herido de muerte, conocería la espantosa verdad.

Por el momento, y sin que la idea cesara por ello de obsesionarlo, no se ocupó más del asunto Malreich. Resuelto a rehacer su vida, como él decía; tranquilizado, por otra parte, sobre la suerte de Mme. Kesselbach y de Geneviève, cuya existencia apacible él seguía desde lejos, y en fin, una vez que Jean Doudeville, a quien había enviado a Veldenz, lo puso al corriente de todas las negociaciones entre la corte de Alemania y la regencia de Deux-Ponts-Veldenz, empleó todo su tiempo en liquidar el pasado y preparar el futuro.

La idea de la vida diferente que aspiraba llevar a los ojos de Mme. Kesselbach lo llenaba de nuevas ambiciones y sentimientos imprevistos, donde la imagen de Dolores aparecía entrelazada, sin que él se diera cuenta.

En unas semanas eliminó todas las pruebas que hubieran podido comprometerlo algún día, todas las huellas que hubieran podido llevar hasta él. Entregó a cada uno de sus antiguos compañeros una suma de dinero suficiente para ponerlos al abrigo de la necesidad, y les dijo adiós anunciándoles que partía para América del Sur.

Una mañana, después de una noche de reflexiones minuciosas y un estudio profundo de la situación, se dijo:

«Se acabó. Ya no hay nada que temer. El viejo Lupin ha muerto. Dejo lugar al nuevo».

Le llevaron un telegrama de Alemania. Era el desenlace esperado. El Consejo de Regencia, fuertemente influido por la corte de Berlín, había sometido la cuestión a los electores del gran ducado, y los electores, influenciados a su vez por el Consejo de Regencia, habían afirmado su lealtad inquebrantable a la antigua dinastía de los Veldenz.

El conde Waldemar, así como tres delegados de la nobleza, quedó a cargo del ejército y de la magistratura, de ir al castillo de Bruggen, de establecer rigurosamente la identidad del gran duque Hermann IV y de tomar con Su Alteza todas las disposiciones relativas a su entrada triunfal en el principado de sus padres, entrada que tendría lugar hacia el comienzo del mes siguiente.

«Ya está», se dijo Lupin. «El gran proyecto de M. Kesselbach se realiza. Ya no queda más que avalar a mi Pierre Leduc ante Waldemar. ¡Juego de niños! Mañana se publicarán las amonestaciones de Geneviève y de Pierre. ¡La prometida del gran duque será presentada a Waldemar!».

Feliz, partió en coche hacia el castillo de Bruggen. Cantaba en su automóvil, silbaba y le hacía preguntas al chofer.

—Octave, ¿sabes a quién tienes el honor de conducir? ¡Al amo del mundo! Sí, mi viejo, te sorprende, ¿verdad? Perfectamente, esa es la verdad. Yo soy el amo del mundo.

Se frotó las manos y continuó con su monólogo:

«Con todo, resultó largo. Hace ya un año que la lucha comenzó. Es cierto que fue la batalla más formidable que he enfrentado jamás. ¡Diantres, qué guerra de gigantes!».

Y repitió:

«Pero esta vez ya está. Los enemigos están derrotados. Ya no hay obstáculos entre mi objetivo y yo. El lugar está libre, ¡construyamos! Tengo los materiales a mano, tengo los obreros, ¡construyamos, Lupin! Y que el palacio sea digno de ti».

Pidió detenerse a unos centenares de metros del castillo, para que su llegada fuera más discreta, y le dijo a Octave:

—Tú entrarás en veinte minutos, a las cuatro, e irás a depositar mis maletas en el pequeño chalet que se encuentra al extremo del parque. Es allí donde viviré.

En la primera vuelta del camino apareció el castillo, al final de una avenida sombreada de tilos. A lo lejos, bajo el pórtico, divisó a Geneviève que pasaba.

Su corazón se emocionó con dulzura.

—Geneviève, Geneviève —dijo él, con ternura—. Geneviève, he cumplido la promesa que le hice a tu madre agonizante. Geneviève, gran duquesa, y yo en la sombra, cerca de ella, velando por su felicidad y continuando los grandes planes de Lupin.

Se echó a reír, saltó detrás de un grupo de árboles que se erguían a la izquierda del sendero y aceleró a lo largo de espesos macizos. De esta forma llegó al castillo sin que nadie pudiera sorprenderlo desde las ventanas del salón o de las habitaciones principales.

Su deseo era ver a Dolores antes de que ella lo viera y, tal como había hecho con Geneviève, pronunció su nombre varias veces, pero con una emoción que a él mismo le sorprendía.

—Dolores... Dolores.

Furtivamente, siguió por los pasillos y llegó al comedor. Desde esta habitación, a través de un cristal, podía ver la mitad de la sala de estar. Se acercó. Dolores estaba tendida sobre un taburete y Pierre Leduc, de rodillas ante ella, la contemplaba extasiado.

VIII

EL MAPA DE EUROPA

UNO

¡Pierre Leduc amaba a Dolores!

Esto le causó a Lupin un dolor profundo, agudo, como si hubieran herido el fundamento mismo de su vida. El dolor fue tan profundo, que por primera vez tuvo la idea clara de lo que Dolores se había convertido para él, poco a poco y sin que tuviera conciencia de ello.

Pierre Leduc amaba a Dolores y la miraba como se mira a quien se ama.

Cegado, enloquecido, Lupin sintió el instinto del asesino. Aquella mirada, aquella mirada de amor que se posaba sobre la joven, aquella mirada lo enfurecía. Tenía la impresión del gran silencio que envolvía a la joven mujer y al joven hombre, y en ese silencio, en la inmovilidad de las actitudes, lo único vivo era esa mirada de amor, aquel himno mudo y voluptuoso por el cual los ojos proclaman toda la pasión, todo el deseo, todo el entusiasmo, todo el impulso de un ser hacia otro.

Y veía también a Mme. Kesselbach. Los ojos de Dolores estaban invisibles bajo sus párpados cerrados, aquellos párpados alegres de largas pestañas negras. Pero ¡cómo sentía ella la mirada de amor que buscaba la suya! ¡Cómo se estremecía bajo la caricia impalpable!

«Ella lo ama... ella lo ama», se dijo Lupin, muerto de celos.

Pierre hizo un gesto.

«¡Oh!, ¡miserable! Si osa tocarla, lo mato».

Sin dejar de constatar los desvaríos de su razón a la vez que se esforzaba por combatirlos, pensaba:

«¡Qué estúpido soy! ¡Cómo tú, Lupin, te dejaste ir! Veamos, es completamente natural si ella lo ama. Sí, por supuesto, habías creído adivinar en ella una cierta emoción cuando te aproximabas, cierta turbación. Triple idiota, pero tú no eres más que un bandido, un ladrón, mientras que él... él es duque, es joven».

Pierre no hizo otro movimiento, pero sus labios se movían y parecía que Dolores despertaba. Suave, lentamente, abrió los párpados, volteó un poco la cabeza y sus ojos se entregaron a los del joven, con esa mirada que se ofrece, que se entrega y que es más profunda que el más profundo de los besos.

Fue súbito, violento como un rayo. En tres saltos, Lupin cruzó el salón, se abalanzó sobre el joven, lo derribó y, fuera de sí, con una rodilla sobre el pecho de su rival, se irguió ante Mme. Kesselbach y exclamó:

—Pero, ¿no lo sabe? ¿No se lo ha dicho este canalla? ¡Y usted lo ama! ¿Acaso tiene la cara de gran duque? ¡Ah, qué gracioso!

Se burlaba con rabia, mientras Dolores lo miraba con estupor:

—¡Un gran duque él! ¡Hermann IV de Deux-Ponts-Veldenz! ¡Príncipe reinante! ¡Gran elector! ¡Es para morirse de risa! ¡Él! Pero si se llama Baupré, Gérard Baupré, el último de los vagabundos. Un mendigo al que recogí del fango. ¿Gran duque? Fui yo quien lo hizo gran duque. ¡Ah, ah, qué gracioso! Si lo hubiera visto cortarse el dedo meñique. Tres veces se desmayó, un cobarde. ¡Ah!, y tú te permites interesarte por las damas y rebelarte contra el amo. Espera un poco, gran duque de Deux-Ponts-Veldenz.

Lo tomó en sus brazos como un fardo, lo balanceó un instante y lo arrojó por la ventana abierta.

—Cuidado con los rosales, gran duque, tienen espinas.

Cuando volteó, Dolores estaba junto a él y lo miraba con ojos para él desconocidos, los ojos de una mujer que odia y a quien exaspera la cólera. ¿Era posible que esta fuera Dolores, la débil y enfermiza Dolores?

Ella balbució:

—¿Qué hace? ¿Cómo se atreve? ¿Y él...? Entonces, ¿es verdad? ¿Él me ha mentido?

—¿Que si ha mentido? —exclamó Lupin, comprendiendo su humillación de mujer—. ¿Que si él ha mentido? ¡Él, gran duque! Un simple polichinela cuyos hilos manejaba yo, ¡un instrumento que afiné para tocar mis propias melodías! ¡Ah, el imbécil, el imbécil!

Dominado por la rabia, pateaba y mostraba el puño hacia la ventana abierta. Se puso a caminar de un extremo a otro de la estancia lanzando frases en las que estallaba la violencia de sus pensamientos más profundos.

—¡El imbécil! ¿No entendió lo que yo esperaba de él? ¿Acaso no adivinó la grandeza de su papel? ¡Ah, ese papel se lo meteré a la fuerza en la cabeza! ¡Levanta la cabeza, cretino! Serás gran duque por mi voluntad. ¡Y príncipe reinante! ¡Con un presupuesto personal y súbditos para esquilar! ¡Y un palacio que Carlomagno te reconstruirá! ¡Y un amo que seré yo, Lupin! ¿Comprendes, idiota? ¡Levanta la cabeza, maldito, más alto! Mira al cielo, recuerda que uno de los Deux-Ponts fue colgado por robo, incluso antes de que se hablara siquiera de los Hohenzollern. Tú eres un Deux-Ponts, no uno de los inferiores; yo estoy aquí, yo, Lupin. ¿Y tú serás gran duque, te lo digo, gran duque de cartón? Así es, pero gran duque, a pesar de todo, animado por mi soplo y quemado por mi fiebre. ¿Un fantoche? En efecto, pero un fantoche que dirá *mis* palabras, que hará *mis* gestos, que ejecutará *mi* voluntad, que realizará *mis* sueños. ¡Sí, mis sueños!

No se movía, como deslumbrado por la magnificencia de su sueño íntimo.

Luego se acercó a Dolores y, con voz sorda, con una suerte de exaltación mística, profirió:

—A mi izquierda, Alsacia y Lorena. A mi derecha, Baden, Wurtemberg, Baviera. Alemania del Sur, todos esos estados mal unificados, descontentos, aplastados bajo la bota del Carlomagno prusiano, pero inquietos, listos para liberarse. ¿Comprende usted lo que un hombre como yo puede hacer aquí en medio de esto, todas las aspiraciones que puede despertar, todos los odios que puede avivar, todas las revueltas y cóleras que puede suscitar?

Y en voz aún más baja repitió:

—Y a la izquierda, Alsacia y Lorena. ¿Comprende? Esos no son sueños, ¡vamos! Esa es la realidad de pasado mañana, de mañana. Sí, lo quiero, lo quiero. ¡Ay! ¡Todo lo que quiero y todo lo que haré es inaudito! Pero, imagínese, ¡a dos pasos de la frontera de Alsacia! ¡En pleno corazón alemán! ¡Cerca del viejo Rin! Todo lo que se necesita es un poco de intriga, un poco de genio, para poner el mundo patas arriba. Genio, lo tengo; lo tengo de sobra. ¡Y yo seré el amo! Seré quien dirija. Para el otro, para el fantoche, el título y los honores; para mí, el poder. Yo permaneceré en la sombra. Nada de cargos: ni ministro, ni siquiera chambelán. Nada. Seré uno de los servidores de palacio, quizá el jardinero. ¡Oh, qué formidable vida!, ¡cultivar flores y cambiar el mapa de Europa!

Ella lo contemplaba ávidamente, dominada, sometida por la fuerza de aquel hombre. Sus ojos expresaban una admiración que no intentaba disimular.

Él posó las manos sobre sus hombros y le dijo:

—He ahí mi sueño. Por grande que sea, será sobrepasado por los hechos, se lo juro. El káiser ya ha visto lo que valgo. Un día me verá plantado frente a él, cara a cara. Tengo todos los ases en la mano. ¡Valenglay marchará por a mí! Inglaterra también. La partida está jugada. He ahí mis sueños. Y hay otro más...

Calló de pronto. Dolores no le quitaba los ojos de encima y una emoción infinita turbaba su rostro.

Una inmensa alegría lo invadió al sentir una vez más, y tan claramente, la turbación de aquella mujer ante él. Ya no tenía la impresión de ser para ella... lo que era, un ladrón, un bandido, sino un hombre, un hombre que amaba y cuyo amor despertaba, en el fondo de un alma afín, sentimientos no expresados.

Entonces ya no habló, pero le dijo, sin pronunciarlas, todas las palabras de ternura y adoración. Soñaba con la vida que juntos podrían llevar en alguna parte, no lejos de Veldenz, ignorados pero todopoderosos.

Los unió un largo silencio. Luego ella se levantó y le ordenó en voz baja:

—Váyase, se lo suplico. Pierre desposará a Geneviève, se lo prometo, pero es mejor que parta, que no se quede aquí. Váyase, Pierre se casará con Geneviève.

Él esperó un instante. Quizá quería palabras más precisas, pero no osaba preguntar nada. ¡Se retiró, deslumbrado, embriagado, y tan feliz de obedecer y de someter su destino al de ella!

De camino hacia la puerta, encontró una silla baja que tuvo que apartar. Pero su pie tropezó con algo. Inclinó la cabeza. Era un pequeño espejo de bolsillo, de ébano, con un monograma de oro.

De repente, se estremeció y recogió el objeto de inmediato.

El monograma se componía de dos letras entrelazadas, una *L* y una M.

¡Una *L* y una M!

—Louis de Malreich —dijo estremeciéndose.

Se volteó hacia Dolores.

—¿De dónde viene este espejo? ¿De quién es? Sería muy importante que...

Ella tomó el objeto y lo examinó.

—No lo sé. Jamás lo había visto. Quizá sea de algún criado.

—De un criado, en efecto —repitió—, pero es muy extraño. Aquí hay una coincidencia.

En el mismo momento, Geneviève entró por la puerta del salón y, sin ver a Lupin, a quien ocultaba un biombo, exclamó de pronto:

—¡Mire!, su espejo, Dolores. ¿Lo encontró? ¡Y tanto tiempo que me ha hecho buscarlo! ¿Dónde estaba?

Y la joven se marchó, diciendo:

—¡Ah, qué bueno, estaba tan preocupada! Avisaré de inmediato para que no lo busquen más.

Lupin no se había movido, confundido y tratando en vano de comprender. ¿Por qué Dolores no había dicho la verdad? ¿Por qué no se había explicado enseguida sobre ese espejo?

Una idea le vino a la mente y preguntó, un poco al azar:

—¿Conocía usted a Louis de Malreich?

—Sí —respondió observando a Lupin, como si se esforzara por adivinar los pensamientos que lo asediaban.

Él se precipitó hacia ella con una agitación extrema.

—¿Usted lo conocía? ¿Quién era? ¿Quién es? ¿Quién es? ¿Por qué no dijo nada? ¿Dónde lo conoció? Hable, responda, se lo suplico.

—No —dijo ella.

—Pero tiene que hacerlo, tiene que hacerlo. ¡Piense! Louis de Malreich, el asesino, el monstruo, ¿por qué no dijo nada?

A su vez, ella puso sus manos sobre los hombros de Lupin y declaró con voz muy firme:

—Escuche, no me interrogue más, porque no hablaré. Es un secreto que morirá conmigo. Ocurra lo que ocurra, nadie lo sabrá, nadie en el mundo, lo juro.

II

Durante algunos minutos permaneció ante ella, ansioso, con las ideas revueltas.

Recordaba el silencio de Steinweg y el terror del anciano cuando le había pedido que le revelara el terrible secreto. Dolores lo sabía también y callaba. Sin una sola palabra, él salió.

El aire libre, el espacio abierto, le hicieron bien. Franqueó los muros del parque y erró durante largo rato por la campiña. Hablaba en voz alta:

—¿Qué ocurre? ¿Qué pasa? Hace meses y meses que, mientras lucho y actúo, hago bailar al extremo de los hilos a todos los personajes que deben concurrir a la ejecución de mis proyectos; y durante ese tiempo olvidé completamente inclinarme sobre ellos y observar lo que pasa en su corazón y en su cerebro. No conozco a Pierre Leduc, no conozco a Geneviève, no conozco a Dolores, y los he tratado como muñecos cuando en realidad son personajes vivientes. Por eso hoy tropiezo con los obstáculos.

Golpeó el suelo con el pie y exclamó:

—¡Con obstáculos que no existen! Los escrúpulos de Geneviève y de Pierre no me importan, estudiaré eso más tarde, en Veldenz, cuando me haya asegurado de su felicidad. Pero Dolores... Ella conoce a Malreich y ¡no ha dicho nada...! ¿Por qué? ¿Qué relación los une? ¿Tiene miedo de él? ¿Tiene miedo de que él se fugue y vengue una indiscreción?

Por la noche regresó al chalet que había reservado en el fondo del parque y allí cenó de muy mal humor, echando pestes contra Octave, quien le servía o demasiado lento o demasiado rápido.

—Ya tengo bastante, déjame solo. No haces más que tonterías hoy. ¿Y este café? ¡Está horrible!

Arrojó la taza medio llena y, durante dos horas, se paseó por el parque rumiando las mismas ideas. Al fin surgió una hipótesis:

«Malreich ha escapado de la prisión, aterroriza a Mme. Kesselbach, él sabe ya por ella el incidente del espejo».

Lupin se encogió de hombros:

«Y esta noche él va a venir a jalarte los pies. Vamos, estoy divagando. Lo mejor es que me acueste».

Regresó a su habitación y se metió en la cama. Enseguida se durmió con un pesado sueño, agitado por pesadillas. Dos veces se despertó e intentó encender las velas, pero las dos veces volvió a caer dormido, como narcotizado.

Sin embargo, escuchó las campanadas de las horas en el reloj de la aldea; o más bien, creyó escucharlas, pues estaba hundido en una suerte de letargo que parecía retener toda su mente.

Lo persiguieron sueños de angustia y de espanto. Claramente percibió el ruido de su ventana que se abría. Claramente, a través de sus párpados cerrados, a través de la sombra espesa, *vio* una silueta que avanzaba.

Y esa silueta se inclinó sobre él. Tuvo la energía increíble de levantar los párpados y mirar, o al menos así se lo imaginó. ¿Soñaba? ¿Estaba despierto? Se preguntaba desesperado.

Otro ruido...

A su lado, alguien tomaba la caja de cerillos.

«Voy a ver», dijo con una gran alegría.

Un cerillo crujió, se encendió una vela.

De pies a cabeza, Lupin sintió el sudor corriendo sobre su piel, al tiempo que su corazón dejaba de latir, suspendido en el terror.

El hombre estaba allí.

¿Era posible? No, no... Sin embargo, *él veía*... ¡Oh, qué aterrador espectáculo! El hombre, el monstruo, estaba allí.

—No quiero, no quiero —balbució Lupin, enloquecido.

El hombre, el monstruo, estaba allí, vestido de negro, con una máscara sobre el rostro, y el sombrero blando ocultando su cabello rubio.

—¡Oh! ¡Es un sueño!, ¡un sueño! —dijo Lupin, riendo—.
Es una pesadilla.

Con todas sus fuerzas, con toda su voluntad, intentó hacer
un gesto, uno solo, que alejara al fantasma.

No lo logró.

De pronto recordó: ¡la taza de café!, el sabor de aquel brebaje... ¡semejante al gusto del café que había tomado en Veldenz!

Lanzó un grito, hizo un último esfuerzo y recayó, agotado.

Pero en su delirio sintió que el hombre soltaba el cuello
de su camisa, ponía al desnudo su garganta y alzaba el brazo, y
vio que su mano se crispaba sobre el mango de un puñal, un
pequeño puñal de acero, semejante a aquel que había matado a
Kesselbach, a Chapman, a Altenheim y a tantos otros.

III

Unas horas después, Lupin despertó, agotado y con un amargo
sabor de boca.

Permaneció algunos minutos poniendo en orden sus ideas
y, de pronto, al recordar hizo un movimiento instintivo de
defensa, como si lo atacaran.

—¡Qué imbécil soy! —exclamó, saltando de la cama—. Es
una pesadilla, una alucinación. Basta con reflexionar. Si fuera *él*, si verdaderamente fuera un hombre de carne y hueso el
que esta noche levantó el brazo contra mí, me habría degollado
como a un pollo. *Ese* no titubea. Seamos lógicos. ¿Por qué me
hubiera perdonado? ¿Por mis lindos ojos? No, he soñado, eso
es todo.

Se puso a silbar y se vistió, fingiendo la mayor calma, pero
su mente no cesaba de batallar y sus ojos buscaban...

Sobre el piso, en el reborde de la ventana, ninguna huella.
Como su habitación se encontraba en la planta baja y él dor-

mía con la ventana abierta, era evidente que el agresor habría entrado por allí. Pero no descubrió nada y nada tampoco al pie del muro exterior, sobre la arena del camino que bordeaba el chalet.

—Sin embargo... sin embargo... —repetía entre dientes.

Llamó a Octave.

—¿Dónde preparaste el café que me diste anoche?

—En el castillo, patrón, como todo lo demás. Aquí no hay cocina.

—¿Bebiste de ese café?

—No.

—¿Tiraste el que quedaba en la cafetera?

—Caramba, sí, patrón. A usted le pareció tan malo. Solo tomó unos sorbos.

—Está bien. Prepara el auto. Partiremos.

Lupin no era hombre de quedarse con la duda. Quería una explicación decisiva con Dolores. Pero para esto necesitaba, ante todo, aclarar ciertos puntos que le parecían oscuros y ver a Doudeville, quien desde Veldenz le había enviado informes bastante extraños.

Sin hacer paradas, se hizo conducir al gran ducado, adonde llegó a eso de las dos. Celebró una entrevista con el conde Waldemar, a quien pidió, con un pretexto cualquiera, que retrasara el viaje a Bruggen de los delegados de la Regencia. Luego, fue a encontrarse con Jean Doudeville en una taberna de Veldenz.

Doudeville lo condujo entonces a otra taberna donde le presentó a un señor bajo y muy pobremente vestido: *Herr* Stockli, empleado en los archivos del Registro Civil.

La conversación fue larga. Salieron juntos y los tres pasaron furtivamente por las oficinas del ayuntamiento. A las siete, Lupin cenó y partió. A las diez llegó al castillo de Bruggen y preguntó por Geneviève, a fin de entrar con ella en la habitación de Mme. Kesselbach.

Le respondieron que un telegrama de su abuela había llamado a la señorita Ernemont a París.

—Muy bien —dijo Lupin—. ¿Puedo ver a Mme. Kesselbach?

—La señora se retiró inmediatamente después de cenar. Debe estar durmiendo.

—No, he visto luz en su recámara. Me recibirá.

Apenas esperó la respuesta de Mme. Kesselbach. Se introdujo en el cuarto detrás de la sirvienta, la despidió y dijo a Dolores:

—Tengo que hablar con usted, señora, es urgente. Perdóneme, reconozco que mi visita puede parecerle inoportuna, pero estoy seguro de que usted comprenderá.

Estaba muy perturbado y no parecía en modo alguno dispuesto a aplazar la explicación, tanto más cuanto que, antes de entrar, creyó percibir ruido.

Sin embargo, Dolores estaba sola, recostada. Le dijo con voz cansada:

—Quizá hubiéramos podido... mañana...

Él no respondió; de repente lo sorprendió un olor en el tocador de esta mujer, un olor a tabaco. Enseguida tuvo la intuición, la certeza, de que un hombre se encontraba allí en el momento mismo en el que él llegó y que se ocultaba en alguna parte.

¿Pierre Leduc? No. Pierre Leduc no fumaba. Entonces, ¿quién?

Dolores murmuró:

—Acabemos, se lo ruego.

—Sí, sí, pero antes... ¿Le sería posible decirme...?

Se interrumpió. ¿De qué serviría interrogarla? Si de verdad un hombre se ocultaba allí, ¿ella lo denunciaría? Entonces se decidió, y tratando de dominar aquel tipo de vergüenza temerosa que lo oprimía al sentir una presencia extraña, dijo en voz baja, para que solo Dolores oyera:

—Escuche, me enteré de algo que no comprendo y que me turba profundamente. Es preciso que me responda, ¿no es así, Dolores?

Dijo ese nombre con una gran dulzura, como si intentara dominarla por la amistad y la ternura de su voz.

—¿De qué se trata? —dijo ella.

—El Registro Civil de Veldenz contiene tres nombres que son los de los últimos descendientes de la familia Malreich, establecida en Alemania.

—Sí, usted ya me contó eso.

—Recordará que, primero, está Raúl de Malreich, más conocido bajo el apodo Altenheim, el bandido, el malhechor de mundo, hoy muerto.

—Sí.

—Después figura el de Louis de Malreich, el monstruo, el espantoso asesino que dentro de unos días será decapitado.

—Sí.

—Por último Isilda, la loca.

—Sí.

—Todo eso está entonces bien claro, ¿no es así?

—Sí.

—¡Bien! —dijo Lupin, inclinándose más sobre ella—, según una investigación que acabo de realizar, resulta que el segundo de los tres nombres, Louis, o más bien la parte de la línea en donde está escrito, fue hace tiempo objeto de un trabajo de raspado. La línea aparece con una escritura reciente, hecha encima y con una tinta mucho más nueva, pero que, no obstante, no logró borrar por completo lo que estaba escrito debajo. De suerte que...

—¿De suerte que...? —dijo Mme. Kesselbach en voz baja.

—De suerte que, con una buena lupa, y sobre todo con procedimientos especiales de que dispongo, hice resurgir ciertas sílabas borradas y, sin error alguno y con toda certeza, reconstruí la antigua escritura. No fue Louis de Malreich lo que encontré, fue...

—¡Oh!, ¡cállese, cállese!

Súbitamente, agobiada por el gran esfuerzo de resistencia que oponía, se había doblado en dos y, con la cabeza entre las manos y los hombros sacudidos por convulsiones, lloró.

Lupin miró durante largo tiempo a aquella criatura llena de pasividad y debilidad, tan digna de lástima, tan angustiada. Y le hubiera gustado callar, suspender el torturante interrogatorio que le infligía.

Pero, ¿acaso no era para salvarla que procedía así? Y para salvarla, ¿no necesitaba saber la verdad, por dolorosa que fuera?

Prosiguió:

—¿Por qué esa falsedad?

—Es mi marido —balbució ella—, fue él quien lo hizo. Con su fortuna lo podía todo y antes de nuestro matrimonio consiguió de un empleado subalterno que se cambiara en el registro el nombre del segundo hijo de la familia.

—El nombre y el sexo —dijo Lupin.

—Sí —dijo ella.

—Así, pues —continuó él—, no me equivoqué: el antiguo nombre, el verdadero, era Dolores.

—Sí.

—Pero ¿por qué su marido...?

Ella murmuró, con las mejillas bañadas de lágrimas, llena de vergüenza:

—¿No lo comprende?

—No.

—Piense —dijo ella temblorosa—: yo era la hermana de Isilda la loca, la hermana de Altenheim el bandido. Mi marido, o más bien, mi prometido, no quiso que continuara siéndolo. Él me amaba, yo lo amaba, y consentí. Suprimió en los registros a Dolores de Malreich y me compró otros documentos, otra personalidad, otra acta de nacimiento, y me casé en Holanda con otro nombre de soltera: Dolores Amonti.

Lupin reflexionó un instante y pronunció, pensativo.

—Sí, sí, comprendo. Pero entonces Louis de Malreich no existe, el asesino de su marido, el asesino de su hermana y el de su hermano no se llama así... su nombre...

Ella se irguió rápidamente:

—¡Su nombre! Sí, se llama así... Sí, ese es su nombre: Louis de Malreich, L y M, recuérdelo. ¡Ah!, no investigue más, es un terrible secreto y, además, ¡qué importa! El culpable está allá. Él es el culpable. Yo se lo dije. ¿Acaso se defendió cuando yo lo acusé cara a cara? ¿Acaso podía defenderse, con ese nombre o con otro? Es él, es él. Él mató, él atacó... el puñal, el puñal de acero. ¡Ah!, ¡si se pudiera decir todo! Louis de Malreich... Si yo pudiera...

Ella se revolcaba sobre el taburete en una crisis nerviosa y su mano estaba crispada sobre la de Lupin; él la escuchaba tartamudeando entre palabras ininteligibles.

—Protéjame, protéjame, solo usted puede. ¡Ah!, no me abandone... soy tan desgraciada... ¡Qué tortura, qué tortura!, es un infierno.

Con la mano libre, él le acarició el cabello y la frente con infinita dulzura; bajo la caricia, ella se relajó y se calmó poco a poco.

Entonces, la miró de nuevo por un largo rato, ¡mucho tiempo! Se preguntó qué podría haber detrás de aquella frente hermosa y pura, qué secreto devastaba aquella alma misteriosa. ¿Tenía miedo ella también? Pero ¿de quién? ¿De quién le suplicaba que la protegiera?

Una vez más se sintió obsesionado por la imagen del hombre de negro, de aquel Louis de Malreich, enemigo tenebroso e incomprensible, cuyos ataques debía parar sin saber de dónde venían y ni siquiera si iban a producirse.

Que estuviera en prisión vigilado día y noche, ¡gran cosa! ¡Acaso no sabía Lupin que hay seres para quienes la prisión no existe y que se liberan de sus cadenas en el minuto fatídico? Louis de Malreich era de esos.

Sí, había *alguien* en la prisión de la *Santé*, en la celda de los condenados a muerte. Pero ese podía ser un cómplice u otra víctima de Malreich, mientras él, Malreich, rondaba en torno al castillo de Bruggen, se deslizaba entre las sombras como un fantasma, penetraba en el chalet del parque y, en la noche, alzaba su puñal sobre Lupin dormido y paralizado.

Era Louis de Malreich quien aterrorizaba a Dolores, quien la enloquecía con sus amenazas, quien la dominaba por algún secreto temible y la condenaba al silencio y a la sumisión.

Lupin imaginaba el plan del enemigo: arrojar a Dolores, desconcertada y temblorosa, en los brazos de Pierre Leduc; suprimirlo a él, Lupin, y reinar en su lugar con el poder de un gran duque y los millones de Dolores.

Hipótesis probable, hipótesis cierta, que se adaptaba a los acontecimientos y daba una solución a todos los problemas.

—¿A todos? —objetó Lupin—. Sí. Entonces, ¿por qué no me mató esta noche en el chalet? No tenía más que querer hacerlo, *pero no lo quiso*. Un gesto y yo estaría muerto. El gesto no lo hizo. ¿Por qué?

Dolores abrió los ojos, lo vio y sonrió con pálida sonrisa.

—Déjeme —suplicó ella.

Él se levantó con vacilación. ¿Iría a ver si el enemigo estaba detrás de la cortina o escondido detrás de la ropa del armario?

Ella repitió dulcemente:

—Váyase; voy a dormir.

Él se fue.

Pero afuera se detuvo bajo los árboles que formaban un macizo de sombras delante de la fachada del castillo. Vio luz en la antecámara de Dolores. Luego, esa luz pasó al dormitorio. Al cabo de unos minutos se hizo la oscuridad.

Esperó. Si el enemigo estaba allí, ¿saldría quizá del castillo?

Transcurrió una hora. Dos horas. Ningún ruido.

«No hay nada que hacer», pensó Lupin. «O bien él se encerró en algún rincón del castillo, o ha salido por una puerta que yo no puedo ver desde aquí. A menos que todo eso sea, por mi parte, la más absurda de las hipótesis».

Encendió un cigarro y regresó hacia el chalet.

Conforme se acercaba, divisó, bastante lejos todavía, una sombra que parecía alejarse.

No se movió, por temor a dar la alarma.

La sombra cruzó una avenida. A la claridad de la luz le pareció reconocer la silueta negra de Malreich.

Se lanzó tras él.

La sombra huyó y desapareció.

—Vamos —se dijo—. Será mañana. Y esta vez...

IV

Lupin entró en la habitación de Octave, su chofer, lo despertó y le ordenó:

—Toma el auto. Estarás en París a las seis de la mañana. Buscarás a Jacques Doudeville y le dirás: uno, que me dé noticias del condenado a muerte, y dos, que me envíe, apenas se abran las oficinas de Correos, un telegrama redactado así...

Escribió el telegrama en una hoja de papel y agregó:

—Tan pronto cumplas tu misión regresarás, pero por aquí y bordeando los muros del parque. Vete, nadie debe notar tu ausencia.

Lupin regresó a su habitación, hizo funcionar el mecanismo de su linterna y comenzó una inspección minuciosa.

—Es cierto —dijo para sí al cabo de un instante—. Alguien vino esta noche mientras yo acechaba debajo de la ventana. Y si vino, dudo de su intención. Definitivamente no me equivocaba. La cosa está que arde. Esta vez puedo estar seguro de recibir la puñalada.

Por prudencia tomó una manta, escogió un lugar del parque bien aislado y se durmió bajo las estrellas.

Alrededor de las once de la mañana, Octave se presentó ante él.

—Listo, patrón. El telegrama fue enviado.

—Bien. Y Louis de Malreich, ¿continúa en prisión?

—Sí, Doudeville pasó anoche frente a su celda en la *Santé*. El carcelero salía. Conversaron. Malreich es el mismo de siempre, al parecer, mudo como una estatua. Espera.

—¿Espero qué?

—La hora fatal, ¡caray! En la prefectura se dice que la ejecución tendrá lugar pasado mañana.

—Bien, bien —dijo Lupin—. Lo que está claro es que no se ha escapado.

Renunció a comprender e incluso a buscar la clave del enigma, a tal punto presentía que toda la verdad iba a serle revelada. No tenía más que preparar su plan a fin de que el enemigo cayera en la trampa.

«O que caiga yo», pensaba, riendo.

Se sentía muy alegre, liberado; jamás se le había anunciado una batalla con mejores posibilidades.

Desde el castillo un criado le llevó el telegrama que había pedido a Doudeville que le enviara y que el cartero acababa de entregar. Lo abrió y lo guardó en el bolsillo.

Poco antes de mediodía encontró a Pierre Leduc en uno de los caminos.

—Te andaba buscando. Hay cosas graves. Es preciso que me respondas francamente. Desde que estás en este castillo,

¿has visto a otro hombre que no sean los criados alemanes que yo puse aquí? —preguntó sin preámbulo

—No.

—Piensa bien. No se trata de un visitante cualquiera. Hablo de un hombre que se ocultaría, cuya presencia hubieras comprobado, incluso menos, que hubieras sospechado su presencia por algún indicio, por alguna impresión.

—No. ¿Acaso usted...?

—Sí. Alguien se oculta por aquí, alguien ronda por allá. ¿Dónde? ¿Y quién? ¿Y con qué objeto? No lo sé, pero lo sabré. Ya tengo sospechas. Por tu parte, abre los ojos, vigila y, sobre todo, ni una palabra a Mme. Kesselbach. No es necesario inquietarla....

Él se fue.

Pierre Leduc, sorprendido, desconcertado, reanudó su camino hacia el castillo.

En el trayecto, sobre el césped vio un papel azul. Lo recogió. Era un telegrama, no arrugado como un papel que se arroja, sino plegado cuidadosamente. Era evidente que alguien lo había perdido.

Estaba dirigido a M. Meauny, el nombre que Lupin usaba en Bruggen. Contenía estas palabras:

«Conocemos toda la verdad. Revelaciones imposibles por carta. Tomaré el tren esta noche. Reunión mañana a las ocho, estación de Bruggen».

—Perfecto —se dijo Lupin, que desde un macizo próximo vigilaba los movimientos de Pierre Leduc—. ¡Perfecto! En diez minutos, este joven idiota habrá mostrado el telegrama a Dolores y le habrá comunicado todas mis inquietudes. Hablarán todo el día y el *otro* los escuchará; el *otro* sabrá, porque lo sabe todo, porque vive en la propia sombra de Dolores y porque Dolores está entre sus manos como una presa fascinada. Y esta noche actuará, por miedo al secreto que me van a revelar.

Lupin se alejó canturreando.

—Esta noche, esta noche bailaremos. Esta noche... ¡Qué vals, amigos míos! El vals de la sangre con la música de un pequeño puñal niquelado. En fin, nos vamos a reír.

En la puerta del pabellón llamó a Octave, subió a su dormitorio, se arrojó sobre su cama y le dijo al chofer:

—Vigila aquí, Octave, y no te duermas. Tu amo va a descansar. Vela por él, fiel servidor.

Durmió con excelente sueño.

—Como Napoleón en la mañana de Austerlitz —dijo al despertarse.

Era la hora de la cena. Comió copiosamente y después, mientras fumaba un cigarro, inspeccionó sus armas y cambió las balas de sus dos revólveres.

—«La pólvora seca y la espada afilada», como dice mi amigo el káiser. ¡Octave!

Octave acudió.

—Ve a cenar al castillo con los criados. Anuncia que vas esta noche a París en el auto.

—¿Con usted, patrón?

—No, solo. Y tan pronto termines la cena, partirás, en efecto, ostensiblemente.

—Pero, ¿no iré a París?

—No, esperarás fuera del parque, en la carretera, a un kilómetro de distancia, hasta que yo llegue. Será un largo rato.

Fumó otro cigarro, se paseó, pasó delante del castillo, vio luz en las habitaciones de Dolores y luego regresó al chalet.

Allí tomó un libro. Era *Vida de los hombres ilustres*.

—Aquí falta una, y es la más ilustre —dijo—. Pero el porvenir está ahí y pondrá las cosas en su lugar. Y yo tendré mi Plutarco un día u otro.

Leyó la *Vida de César* y anotó algunas reflexiones al margen.

A las once y media subió.

Por la ventana abierta se asomó hacia la vasta noche, clara y sonora, temblorosa de ruidos indistinguibles. A sus labios acudieron recuerdos, recuerdos de frases de amor que había leído o pronunciado, y dijo varias veces el nombre de Dolores con el fervor del adolescente que apenas osa confiar al silencio el nombre de su amada.

—Vamos, preparémonos —dijo.

Dejó la ventana entreabierta, apartó un velador que estorbaba el paso y colocó sus armas bajo la almohada. Luego, tranquilamente, sin la menor emoción, se metió en la cama completamente vestido y sopló la vela.

Y el miedo comenzó.

Fue inmediato. Desde que las sombras le envolvieron, ¡comenzó el miedo!

—¡Maldita sea! —exclamó.

Saltó de la cama, tomó sus armas y las arrojó al pasillo.

—¡Con mis manos!, ¡solo con mis manos! ¡Nada vale tanto como la presión de mis manos!

Se acostó. De nuevo las sombras y el silencio. Y de nuevo el miedo, el miedo astuto, inquietante, invasivo.

En el reloj de la aldea sonaron doce campanadas.

Lupin pensó en el ser inmundo que, allá abajo, a cien metros, a cincuenta metros de él, se preparaba, probaba la punta afilada de su puñal.

—Que venga, que venga —murmuraba tembloroso—. Y los fantasmas se desvanecerán.

La una en la aldea.

Y los minutos, minutos interminables, minutos de fiebre y de angustia. En la raíz de su cabello brotaban gotas que corrían por su frente; le parecía que era un sudor de sangre que lo bañaba por completo.

Las dos.

Entonces, en alguna parte, muy cerca, un ruido casi imperceptible, un ruido de hojas removidas que no era el ruido de las hojas que agita el viento de la noche.

Como Lupin había previsto, se produjo en él, al instante, una calma inmensa. Toda su naturaleza de gran aventurero vibraba de alegría. ¡Era la lucha, al fin!

Otro crujido, más claro, debajo de la ventana, pero aún tan débil que era necesario el oído experto de Lupin para escucharlo.

Minutos, minutos aterradores; la sombra era impenetrable. Ni la luz de las estrellas o de la luna la iluminaban.

De pronto, sin que él hubiera escuchado nada, *supo* que el hombre estaba en la habitación. Avanzaba hacia el lecho. Avanzaba como avanza un fantasma, sin desplazar el aire de la estancia y sin mover los objetos que tocaba.

Pero, con todo su instinto, con toda su fuerza nerviosa, Lupin veía los movimientos del enemigo y adivinaba la sucesión misma de sus ideas.

Él no se movía, apoyado con firmeza contra la pared y casi de rodillas, presto a saltar.

Sintió que la sombra crecía, palpaba la ropa de la cama para darse cuenta del punto donde iba a impactar. Lupin escuchó su respiración. Creyó escuchar incluso los latidos de su corazón. Y constató con orgullo que su propio corazón no latía más fuerte, en tanto que el corazón del *otro*. ¡Oh, sí!, ¡cómo lo escuchaba!, aquel corazón desordenado, loco, que chocaba como el badajo de una campana contra las paredes del pecho.

La mano del *otro* se alzó.

Un segundo, dos segundos...

¿Acaso titubeaba? ¿Iba a perdonar a su adversario una vez más?

Y Lupin pronunció en el gran silencio:

—¡Ataca, hombre!, ¡ataca!

Un grito de rabia. El brazo bajó como un resorte.

Luego un gemido.

Lupin tomó al vuelo aquel brazo, a la altura del puño. Saltando de la cama, formidable, irresistible, agarró al hombre por el cuello y lo tumbó.

Eso fue todo. No hubo lucha. Ni siquiera podía haber lucha. El hombre yacía en tierra como clavado, atornillado al suelo por dos tornillos de acero, las manos de Lupin. Y no había hombre en el mundo, por fuerte que fuera, que pudiera liberarse de ese abrazo.

¡Y ni una palabra! ¡Ni una palabra! Lupin no pronunció ninguna de esas palabras que de ordinario divertían su verbo descarado. No quería hablar. El instante era demasiado solemne. Ninguna vana alegría lo conmovía, ninguna exaltación victoriosa. En el fondo no sentía más que un apremio: saber quién estaba allí. ¿Louis de Malreich, el condenado a muerte? ¿Algún otro? ¿Quién?

A riesgo de estrangular al hombre, le apretó la garganta un poco más, un poco más y un poco más todavía.

Sintió que todas las fuerzas del enemigo, todo cuanto le quedaba de fuerzas, lo abandonaban. Los músculos del brazo se distendieron, quedaron inertes. La mano se abrió y soltó el puñal.

Entonces, libre de sus movimientos, con la vida del adversario suspendida en la temible presión de sus dedos, sacó su linterna de bolsillo, puso el índice sobre el botón de encendido sin presionar y la acercó a la cara del hombre.

Ya no tenía más que encender la linterna, que quererlo, y lo sabría.

Por un segundo saboreó su poder. Una ola de emoción se apoderó de él. La visión de su triunfo lo deslumbró. Una vez más, y de manera soberbia, heroica, él era el amo.

De un golpe seco hizo la luz. El rostro del monstruo apareció.

Lupin lanzó un aullido de espanto.

¡Dolores Kesselbach!

IX

La mujer que mata

UNO

En el cerebro de Lupin se produjo como un huracán, un ciclón en el que el estrépito del trueno, las borrascas de viento, las ráfagas de elementos perturbados, se desencadenan tumultuosamente en una noche de caos.

Grandes relámpagos azotaban las sombras. Y a la luz fulgurante de esos relámpagos, Lupin, desconcertado, sacudido por estremecimientos, convulsionado de horror, veía y trataba de comprender.

No se movía, aferrado a la garganta del enemigo, como si sus dedos entumecidos no pudieran soltar a su presa. Por otra parte, aunque ahora ya *supiera*, no tenía, por así decir, la impresión exacta de que aquella fuera Dolores. Era todavía el hombre de negro, Louis de Malreich, la bestia inmunda de las tinieblas, y esa bestia él la tenía y no la soltaría.

Pero la verdad asaltaba su espíritu y su conciencia; vencido, torturado de angustia, murmuró:

—¡Oh, Dolores! ¡Dolores!

Enseguida vio la excusa: la locura. Estaba loca. La hermana de Altenheim y de Isilda, la hija de los últimos Malreich, de madre loca y padre ebrio, ella misma estaba loca. Una loca extraña, una loca con toda la apariencia de la razón, pero loca, desequilibrada, enferma, antinatural, verdaderamente monstruosa.

Con toda certeza lo comprendió. Era la locura del crimen. Bajo la obsesión de un objetivo hacia el cual caminaba automáticamente, mataba, ávida de sangre, inconsciente e infernal.

Ella mataba porque quería algo, mataba para defenderse, mataba para ocultar que había matado. Pero mataba también, sobre todo, por matar. La asesina satisfacía en ella apetitos súbitos e irresistibles. En ciertos segundos de su vida, en determinadas circunstancias, frente a tal ser convertido súbitamente en adversario, era preciso que su brazo golpeara. Y ella golpeaba embriagada de rabia, feroz, frenéticamente.

Loca extraña, irresponsable de sus asesinatos; no obstante, ¡tan lúcida en su ceguera!, ¡tan lógica en su desorden!, ¡tan inteligente en su absurdidad! ¡Qué habilidad! ¡Qué perseverancia! ¡Qué planes a la vez detestables y admirables!

Con una visión rápida, con una mirada de prodigiosa agudeza, Lupin veía la larga serie de aventuras sangrientas y adivinaba los caminos misteriosos que Dolores había seguido.

La veía obsesionada y poseída por el proyecto de su marido, proyecto que evidentemente ella no debía conocer sino en parte. La veía buscando a aquel Pierre Leduc que su marido perseguía, y lo buscaba para desposarlo y regresar como reina a aquel pequeño reino de Veldenz, de donde sus padres habían sido ignominiosamente expulsados.

La veía en el hotel Palace, en la habitación de su hermano Altenheim, cuando la suponía en Montecarlo.

La veía espiando a su marido durante días y días, rozando las paredes, mezclada con la oscuridad, indistinguible e inadvertida en su disfraz de sombra.

Una noche, encontró a M. Kesselbach encadenado y lo atacó.

La mañana siguiente, a punto de ser denunciada por el ayudante de cámara, atacó de nuevo.

Una hora más tarde, a punto de ser denunciada por Chapman, ella lo atrajo a la habitación de su hermano y lo atacó.

Todo ello sin piedad, salvajemente, con una habilidad diabólica. Con la misma habilidad, ella se comunicó por teléfono con sus dos sirvientas, Gertrude y Suzanne, quienes llegaban de Montecarlo, donde una de ellas había desempeñado el papel de su ama. Dolores, retomando su ropa femenina, deshaciéndose de la peluca rubia que la hacía irreconocible, descendió a la planta baja y se unió a Gertrude en el momento en que esta penetraba en el hotel y fingía estar llegando ella también, ignorando la desgracia que la esperaba.

Actriz incomparable, actuaba como la esposa cuya existencia es destrozada. Se le compadecía. Se lloraba por ella. ¿Quién lo hubiera sospechado?

Entonces comenzó la guerra con él, Lupin; aquella guerra bárbara, aquella guerra inaudita que ella sostuvo a la vez contra M. Lenormand y contra el príncipe Sernine; durante el día en su taburete, enferma y desfalleciente; pero por la noche, de pie, corriendo por los caminos, infatigable y aterradora.

Estas eran las combinaciones infernales. Gertrude y Suzanne, cómplices aterrorizadas y domesticadas, una y otra le servían de emisarias, disfrazándose quizá como ella, como el día en que el viejo Steinweg fue secuestrado por el barón Altenheim, en pleno Palacio de Justicia.

Esta era la serie de crímenes. Era Gourel ahogado. Era Altenheim, su hermano, apuñalado. ¡Oh!, la lucha implacable en los subterráneos de la Villa de las Glicinias, el trabajo invisible del monstruo en la oscuridad. ¡Cómo hoy todo aquello le aparecía de manera tan clara!

Y había sido ella quien le arrancó su máscara de príncipe, ella quien lo denunció, ella quien lo arrojó en prisión, ella quien frustraba todos sus planes, gastando millones para ganar la batalla.

Luego, los acontecimientos se precipitaron. Suzanne y Gertrude desaparecieron, ¡muertas, sin duda! ¡Steinweg, asesinado! ¡Isilda, la hermana, asesinada!

—¡Oh, qué ignominia, qué horror! —balbució Lupin con un sobresalto de repugnancia y de odio.

Execraba a la abominable criatura. Hubiera querido aplastarla, destruirla. Y era cosa asombrosa que estos dos seres aferrados el uno al otro, yacieran inmóviles en la palidez del alba que empezaba a mezclarse con las sombras de la noche.

—¡Dolores! ¡Dolores! —murmuró él con desesperación.

Saltó hacia atrás, estremecido de terror, los ojos desorbitados. ¿Qué? ¿Qué ocurría? ¿Qué era aquella innoble impresión de frío que le producían sus manos?

—¡Octave! ¡Octave! —gritó, sin recordar la ausencia del chofer.

¡Auxilio! ¡Necesitaba ayuda! Alguien que lo tranquilizara y lo asistiera. Temblaba de miedo. ¡Oh!, aquel frío, aquel frío de muerte que había sentido. ¿Era posible? Entonces, durante aquellos trágicos minutos, él, con sus dedos crispados, había...

Violentamente se obligó a mirar. Dolores no se movía.

Se arrodilló y la apretó contra sí.

Estaba muerta.

Permaneció unos instantes en un entumecimiento donde su dolor parecía disolverse. Ya no sufría más. No tenía más furia ni odio ni sentimiento de ninguna especie, solo un abatimiento estúpido, la sensación de un hombre que ha recibido un garrotazo y que no sabe si todavía está vivo, si piensa o si es objeto de una pesadilla.

Sin embargo, le parecía que algo correcto acababa de ocurrir; ni por un segundo tuvo la idea de que había sido él quien había matado. No, no era él. Eso estaba al margen de él y de su voluntad. Era el destino, el inflexible destino, quien había cumplido con su obra de equidad suprimiendo a la bestia dañina.

Afuera, los pájaros cantaban. La vida se animaba bajo los viejos árboles que la primavera se preparaba para florecer. Y Lupin, despertando de su estupor, sintió poco a poco que surgía en él una indefinible y absurda compasión por la miserable mujer. Odiosa, cierto, abyecta y veinte veces criminal, pero aún tan joven y que ya no existía más.

Y pensó luego en las torturas que ella debía de sufrir en sus momentos de lucidez cuando, al recuperar la razón, la despreciable loca tenía la visión siniestra de sus actos.

—Protéjame, soy tan desgraciada —suplicaba.

Era contra ella misma que pedía que la protegieran, contra sus instintos de fiera, contra el monstruo que habitaba en ella y que la obligaba a matar, a matar siempre.

«¿Siempre?», se preguntó Lupin. Recordó entonces la noche cuando erguida sobre él, con el puñal alzado sobre el enemigo que desde hacía meses la asediaba, sobre el enemigo infatigable que la había impulsado a todas las fechorías, recordó que aquella noche ella no había matado. Hubiera sido fácil, empero: el enemigo yacía inerte e impotente. De un golpe, la implacable lucha se terminaba. No, ella no había matado, sujeta también a sentimientos más fuertes que su crueldad, a sentimientos oscuros de simpatía y admiración por aquel que tan a menudo la había dominado.

No, ella no había matado esa vez. Y he aquí que por un capricho verdaderamente desconcertante del destino, era él quien la había matado.

«Yo maté», pensaba, temblando de pies a cabeza. «Mis manos han suprimido a un ser vivo, ¡y ese ser es Dolores...! Dolores... Dolores».

No cesaba de repetir su nombre, su nombre de dolor; no dejaba de mirarla, triste cosa inanimada, ahora inofensiva, po-

bre jirón de carne, sin más conciencia que un puñado de hoja-
rasca o que un pequeño pájaro degollado a la orilla del camino.

¡Oh!, cómo hubiera podido no temblar de compasión,
puesto que, frente a frente, él era el asesino, él. ¿Qué era ella,
que ya no existía, sino la víctima?

—¡Dolores! ¡Dolores! ¡Dolores!

La luz del día lo sorprendió sentado junto a la muerta, recordando y pensando, mientras sus labios articulaban de vez en
cuando las sílabas desoladas: Dolores... Dolores.

Sin embargo, tenía que actuar y, en la debacle de sus ideas,
ya no sabía en qué sentido era preciso actuar, ni por qué acto
comenzar.

«Cerrémosle los ojos, primero», se dijo.

Vacíos, llenos de la nada, los hermosos ojos dorados aún
tenían esa dulzura melancólica que les daba tanto encanto. ¿Era
posible que aquellos ojos hubieran sido los ojos de un monstruo? A pesar suyo, y de cara a la implacable realidad, Lupin
no podía aún fundir en un único personaje los dos seres cuyas
imágenes eran tan distintas en el fondo de su pensamiento.

Rápidamente se inclinó sobre ella, bajó los largos párpados
sedosos y cubrió con un velo el pobre rostro convulsionado.

Entonces le pareció que Dolores se hacía más lejana y que,
esta vez, el hombre de negro estaba allí, a su lado, con su ropa
sombría, en su disfraz de asesino.

Osó tocarla y palpó entre sus vestimentas.

En un bolsillo interior había dos carteras. Tomó una de
ellas y la abrió.

Primero encontró una carta firmada por Steinweg, el viejo
alemán.

Contenía estas líneas:

Si muero antes de haber podido revelar el terrible secreto, que se
sepa esto: el asesino de mi amigo Kesselbach es su esposa, cuyo

verdadero nombre es Dolores de Malreich, hermana de Altenheim y de Isilda. Las iniciales L. M. se refieren a ella. En la intimidad Kesselbach jamás llamaba a su mujer *Dolores*, que es un nombre de dolor y de luto, sino *Lætitia*, que quiere decir alegría. L. y M. —*Lætitia* de Malreich— tales eran las iniciales inscritas sobre todos los regalos que él le hacía; por ejemplo, en la cigarrera encontrada en el hotel Palace, y que pertenecía a Mme. Kesselbach. Ella había adquirido, viajando, el hábito de fumar.

Lætitia fue, en efecto, su alegría durante cuatro años, cuatro años de mentiras y de hipocresía, en los que ella preparaba la muerte de aquel que la amaba con tanta bondad y confianza.

Quizá yo debí haber hablado enseguida. Pero no tuve el valor, en recuerdo de mi viejo amigo Kesselbach, cuyo nombre ella llevaba.

Además, tenía miedo. El día que la desenmascaré en el Palacio de Justicia había leído en sus ojos mi sentencia de muerte.

Mi debilidad, ¿me salvará de ella?

«Él también», pensó Lupin. «A él también lo mató ella. Diantres, sabía demasiadas cosas: las iniciales, el nombre de *Lætitia*, el hábito secreto de fumar».

Recordó la última noche, aquel olor a tabaco en su habitación.

Continuó la inspección de la primera cartera. Había allí trozos de cartas en lenguaje cifrado, sin duda enviados a Dolores por sus cómplices en el curso de sus tenebrosos encuentros.

Había también direcciones en pedazos de papel, direcciones de costureras o de modistas, pero también de bares y de hoteles de mala muerte. También nombres, veinte o treinta nombres extraños como Héctor el *Carnicero*, Armand de Grenelle, el *Enfermo*...

Pero una fotografía llamó la atención de Lupin. La observó. Enseguida, como movido por un resorte, dejando la cartera, salió corriendo de la habitación, cruzó el pabellón y salió al parque.

Había reconocido el retrato de Louis de Malreich, preso en la *Santé*.

Solamente entonces, hasta ese minuto preciso, recordó: la ejecución debía tener lugar la mañana siguiente.

Puesto que el hombre de negro, puesto que el asesino no era otro que Dolores, Louis de Malreich se llamaba realmente Léon Massier, y era inocente.

¿Inocente? ¿Pero las pruebas encontradas en su casa, las cartas del emperador y todo cuanto lo acusaba de forma innegable, todas aquellas pruebas irrefutables?

Lupin se detuvo un segundo, enardecido.

—¡Oh! —exclamó—. Me vuelvo loco yo también. Veamos, sin embargo, hay que actuar. Mañana lo ejecutan... mañana... mañana al amanecer.

Sacó el reloj.

«Las diez. ¿Cuánto tiempo necesitaré para llegar a París? Llegaré, sí, debo llegar, es preciso. Desde esta noche tomaré medidas para impedir... Pero ¿qué medidas? ¿Cómo probar la inocencia? ¿Cómo impedir la ejecución? ¡Eh, qué importa! Ya veré una vez allá. ¿Acaso no me llamo Lupin? Vamos».

Salió corriendo, entró en el castillo y llamó:

—¡Pierre! ¿Han visto a Pierre Leduc? ¡Ah!, aquí estás. Escucha.

Lo llevó a un lado y con voz entrecortada e imperiosa le dijo:

—Escucha: Dolores ya no está aquí. Sí, un viaje urgente. Salió esta noche en mi auto. Yo también me marcho. ¡Guarda silencio!, ni una palabra. Un segundo perdido será irreparable. Y tú, despedirás a todos los criados, sin explicación. Aquí está el dinero. En media hora el castillo debe estar vacío. ¡Y que nadie entre hasta mi regreso! Ni tú tampoco, ¿entiendes? Te prohíbo volver. Ya te explicaré después, hay razones de peso. Toma, llévate la llave. Me esperarás en la aldea.

Y de nuevo salió.

Diez minutos después se encontró con Octave.

Saltó dentro del auto.

—¡A París! —dijo.

II

El viaje fue una verdadera carrera de la muerte.

Lupin, considerando que Octave no conducía lo bastante rápido, había tomado el volante y conducía a una velocidad desordenada, vertiginosa. Por las carreteras, a través de los pueblos, por las calles abarrotadas de las ciudades, avanzaban a cien kilómetros por hora. La gente, aterrada, gritaba de rabia, pero el bólido ya estaba lejos, había desaparecido.

—Patrón —balbució Octave, pálido—, ¡nos vamos a morir!

—Tú, quizá, el auto quizá, pero yo llegaré —decía Lupin.

Tenía la sensación de que no era el auto el que lo transportaba a él, sino él quien transportaba al auto, y que perforaba el espacio con sus propias fuerzas, con su propia voluntad. Entonces, ¿qué milagro podía impedir que llegara, puesto que sus fuerzas eran inagotables y su voluntad no tenía límites?

—Llegaré porque es necesario que llegue —repetía.

Pensaba en el hombre que iba a morir si él no aparecía a tiempo para salvarlo, en el misterioso Louis de Malreich, tan desconcertante con su silencio obstinado y su rostro hermético. En el tumulto del camino, bajo los árboles cuyas ramas producían un ruido de olas furiosas, entre el zumbido de sus ideas, Lupin se esforzaba por formular una hipótesis. La hipótesis se precisó poco a poco, lógica, verosímil, certera, ahora que conocía la espantosa verdad sobre Dolores y que entreveía todos los recursos y todos los planes odiosos de aquel espíritu enloquecido.

—Sí, fue ella quien preparó contra Malreich la más espantosa de las maquinaciones. ¿Qué quería ella? ¿Casarse con Pierre Leduc, del cual se había hecho amar, y convertirse en la soberana del pequeño reino del que había sido expulsada? El objetivo era accesible, estaba al alcance de su mano. Solo había un obstáculo: yo. Yo, quien desde hacía semanas y semanas, incansablemente, le cerraba el camino; yo, a quien ella reencontraba después de cada crimen; yo, de quien ella temía la perspicacia; yo, quien no bajaría las armas antes de haber descubierto al culpable y recuperado las cartas robadas al emperador.

»¡Y bien!, puesto que yo necesitaba a un culpable, el culpable sería Louis de Malreich o, más bien, Léon Massier. ¿Y quién es ese Léon Massier? ¿Lo conoció antes de su matrimonio? ¿Lo amó? Es probable, pero sin duda no se sabrá jamás. Lo que es cierto es que a ella le habría sorprendido el parecido en estatura y aspecto, que ella misma podía lograr con Léon Massier, vistiéndose de negro como él y usando una peluca rubia. Ella habrá observado la vida extraña de ese hombre solitario, sus andanzas nocturnas, su forma de caminar por las calles y de despistar a quienes pudieran seguirlo. Y fue a consecuencia de esas observaciones y en previsión de una posible eventualidad, que ella habría aconsejado a M. Kesselbach que eliminara de los libros del Registro Civil el nombre de Dolores y lo reemplazara por el nombre de Louis, a fin de que las iniciales fueran justamente las de Léon Massier.

»Llegado el momento de actuar, urdió su complot y lo ejecutó. ¿Léon Massier vivía en la calle Delaizement? Ella ordenó a sus cómplices instalarse en la calle paralela. Y fue ella misma quien indicó la dirección del mayordomo Dominique y me puso sobre la pista de los siete bandidos, sabiendo perfectamente que, una vez sobre esa pista, yo iría hasta el fin; es decir, más allá de los siete bandidos, hasta su jefe, hasta el individuo que los vigilaba y los dirigía, hasta el hombre de negro, hasta Léon Massier, hasta Louis de Malreich.

»En efecto, llegué primero hasta los siete bandidos. Y entonces, ¿qué ocurriría? O bien yo sería vencido o nos destruiríamos todos unos a otros, conforme ella debió esperar la noche de la calle Vignes. Y en ambos casos, Dolores se desharía de mí.

»Pero fui yo quien capturó a los siete bandidos. Dolores huyó de la calle de Vignes. Volví a encontrarla en el cobertizo del Buhonero. Ella me dirigió hacia Léon Massier, es decir, hacia Louis de Malreich. Descubrí junto a él las cartas del emperador, *que ella misma había colocado allí,* y lo entregué a la justicia. Denuncié el pasaje secreto que ella misma había hecho abrir entre los dos cobertizos y proporcioné todas las pruebas *que ella misma había preparado.* Demostré, con documentos *que ella misma había falsificado,* que Léon Massier había robado el estado civil de Léon Massier y que se llamaba en realidad, Louis de Malreich.

»Y Louis de Malreich morirá.

»Dolores de Malreich, triunfante al fin, al abrigo de toda sospecha, puesto que el culpable había sido descubierto, libre de su pasado de infamias y de crímenes, muerto su marido, muerto su hermano, muerta su hermana, muertas sus dos sirvientas, muerto Steinweg, liberada por mí de sus cómplices, a quienes arrojé atados a las manos de Weber, y finalmente libre de ella misma gracias a mí, que hice subir al cadalso al inocente a quien ella sustituía. Dolores, victoriosa, rica con millones, amada por Pierre Leduc; Dolores sería reina.

—¡Ah! —exclamó Lupin fuera de sí—. Este hombre no morirá. Lo juro por mi vida, no morirá.

—Cuidado, patrón —dijo Octave, asustado- -. Nos acercamos, estamos en las afueras, en los suburbios.

—¿Y qué quieres que haga?

—Nos vamos a volcar, el pavimento está resbaladizo, derraparemos.

—Ni modo.

—¡Cuidado!, mire allí.

—¿Qué?

—Un tranvía, en la curva.

—Que se detenga él.

—Más despacio, patrón.

—Jamás.

—Pero estamos perdidos.

—Pasaremos.

—No pasaremos.

—Sí.

—¡Ah, maldita sea!

Un estrépito, exclamaciones, el auto chocó con el tranvía y luego, disparado contra una empalizada, derribó diez metros de tablas y finalmente chocó contra el ángulo del talud.

—Chofer, ¿está libre?

Era Lupin que, tumbado sobre la hierba del talud, llamaba a un taxi.

Se incorporó, vio su auto destrozado y a la gente que se apresuraba en torno a Octave. Saltó dentro del auto de alquiler.

—Al Ministerio del Interior, plaza de Beauvau. Veinte francos de propina....

Instalándose al fondo del auto, continuó:

—¡Ah!, no, *él* no morirá. No, mil veces no; ¡no tendré eso sobre mi conciencia! Ya es bastante con haber sido juguete de esa mujer y haber caído en la red como un colegial. ¡Basta ya! ¡No más errores! Hice que arrestaran a ese desgraciado. Hice que lo condenaran a muerte. Lo llevé hasta el propio pie del cadalso, ¡pero no subirá! Eso no. ¡Si subiera, yo no tendría más que meterme una bala en la cabeza!

Se acercaban a la barrera. Se inclinó:

—Veinte francos más, chofer, si no te detienes.

Y frente a los tribunales gritó:

—¡Servicio de la *Sûreté*!

Pasaron.

—¡Pero no frenes, caray! —aulló Lupin—. Más rápido, más rápido. ¿Tienes miedo de rozar a las ancianas? Aplástalas. Yo pago los daños.

En unos minutos llegaron al Ministerio de la plaza Beauvau. Lupin cruzó el patio a prisa y subió los peldaños de la escalera de honor. La antecámara estaba llena de gente. Escribió sobre una hoja de papel: «Príncipe Sernine» y empujando a un ujier a un rincón, le dijo:

—Soy yo, Lupin. No me reconoces, ¿verdad? Yo te conseguí este empleo, una buena jubilación, ¿eh? Solo tienes que introducirme enseguida. Ve, pasa mi nombre. No te pido más que eso. El presidente te lo agradecerá, puedes estar seguro. Yo también. ¡Pero anda, pues, idiota! Valenglay me espera.

Diez segundos después, Valenglay mismo asomaba la cabeza en el umbral de su oficina y pronunciaba:

—Haga entrar al «príncipe».

Lupin se precipitó, cerró rápidamente la puerta y, cortándole la palabra al presidente, dijo:

—No, nada de palabras, no puede detenerme. Sería su perdición y comprometer al emperador. No, no se trata de eso. La situación es esta: Malreich es inocente. Descubrí al verdadero culpable. Es Dolores Kesselbach. Ha muerto. Su cadáver está allá. Tengo pruebas irrefutables. No hay duda alguna. Es ella.

Se interrumpió. Valenglay no parecía comprender.

—Pero, veamos, señor presidente, hay que salvar a Malreich. Piénselo ¡Un error judicial! ¡La cabeza de un inocente que cae! Dé las órdenes, una investigación adicional. ¿Qué sé yo? Pero rápido, el tiempo apremia.

Valenglay lo miró con atención y luego, acercándose a una mesa, tomó un diario y se lo tendió, señalándole con el dedo un artículo.

Lupin lanzó los ojos sobre el título y leyó:

EJECUCIÓN DEL MONSTRUO
Esta mañana, Louis de Malreich sufrió el suplicio último...

No terminó. Aturdido, devastado, se derrumbó en un sillón con un gemido de desesperación.

¿Cuánto tiempo permaneció así? Cuando se encontró afuera, no supo decir qué había pasado. Recordó un largo silencio, luego vio a Valenglay inclinado sobre él, rociándolo con agua fría, y recordó sobre todo la voz apagada del presidente que susurraba:

—Escuche, es preciso no decir nada de esto, ¿está claro? Inocente, puede ser, no digo lo contrario. Pero, ¿de qué servirían las revelaciones? ¿Un escándalo? Un error judicial puede traer graves consecuencias. ¿Acaso vale la pena? ¿Una restauración? ¿Para qué? Ni siquiera fue condenado bajo su nombre. Es el nombre de Malreich el que está condenado al desprecio público, precisamente el nombre de la culpable. ¿Y...?

Empujando poco a poco a Lupin hacia la puerta, le dijo:

—Váyase. Regrese allá. Haga desaparecer el cadáver y que no queden huellas... ¿Eh? Ni la menor huella de toda esta historia. Cuento con usted, ¿o no?

Lupin regresó. Volvió a ese lugar como un autómata, porque le habían ordenado proceder así y porque ya no tenía voluntad de actuar por sí mismo.

Por horas esperó en la estación de trenes. Comió de manera mecánica, tomó su boleto y se instaló en un compartimiento.

Durmió mal, le dolía la cabeza, tenía pesadillas y, en los intervalos de vigilia confusa, intentaba entender por qué Massier no se había defendido.

—Era un loco, seguramente. Un semiloco. La conoció tiempo atrás y ella envenenó su vida, lo enloqueció. Entonces, le daba lo mismo morir. ¿Para qué defenderse?

La explicación no le satisfacía más que a medias y se prometió, un día u otro, esclarecer aquel enigma y saber el papel exacto que Massier había tenido en la existencia de Dolores. Pero, ¿qué importaba por el momento? Solo un hecho parecía claro: la locura de Massier. Lupin se repetía con obstinación:

—Era un loco, ese Massier sin duda estaba loco. Todos los Massier, una familia de locos.

Deliraba, confundía los nombres, tenía el cerebro debilitado.

Al bajar en la estación de Bruggen, al recibir el aire fresco de la mañana, tuvo un sobresalto de conciencia. De pronto, las cosas adquirían un nuevo aspecto.

—¡Eh! ¡En fin, ni modo! —exclamó—. Hubiera podido defenderse. Yo no soy responsable de nada, es él quien se suicidó. Él no era más que un compinche en esta aventura. Murió, lo siento. ¿Y qué?

La necesidad de actuar lo embriagaba de nuevo. Aunque herido, torturado por aquel crimen del cual se sabía autor, miraba, no obstante, al futuro.

—Son los accidentes de la guerra. No pensemos en ello. Nada se ha perdido. ¡Al contrario! Dolores era el escollo, pues Pierre Leduc la amaba. Y Dolores está muerta. Por tanto, Pierre Leduc me pertenece. Y desposará a Geneviève como yo había decidido. Y él reinará. ¡Y yo seré el amo! Y Europa, ¡Europa será mía!

Estaba exaltado, tranquilizado, lleno de una súbita confianza. Febril, gesticulaba en el camino, haciendo molinetes con una espada imaginaria, la espada del líder que desea, que ordena y que triunfa.

—Lupin, ¡tú serás rey! Tú serás rey, Arsène Lupin.

En la aldea de Bruggen preguntó y se enteró de que Pierre Leduc había cenado la víspera en la posada. Después de esto no lo habían vuelto a ver.

—¿Cómo? —dijo Lupin—. ¿No durmió aquí?

—No.

—Pero ¿adónde fue después de comer?

—Tomó el camino del castillo.

Lupin se fue, bastante sorprendido. Le había ordenado al joven cerrar las puertas y no regresar al castillo después de que los criados hubieran partido. Enseguida tuvo la prueba de que Pierre lo había desobedecido: la reja estaba abierta.

Entró, recorrió el castillo, llamó. No hubo respuesta.

De pronto, pensó en el chalet. ¿Quién sabe? Pierre Leduc, apenado por la persona a quien amaba y movido por la intuición, quizá habría buscado por ese lado. ¡Y el cadáver de Dolores estaba allí!

Muy preocupado, Lupin echó a correr.

A primera vista, no parecía haber nadie en el chalet.

—¡Pierre, Pierre! —gritó.

No escuchó ruido alguno, entró en el vestíbulo y en la habitación que había ocupado.

Se detuvo, clavado al suelo.

Por encima del cadáver de Dolores, Pierre Leduc pendía de una cuerda al cuello, muerto.

III

Impasible, Lupin se tensó de la cabeza a los pies. No quería abandonarse a un gesto de desesperación. No quería pronunciar ni una sola palabra de violencia. Después de los golpes atroces que el destino le asestaba, de los crímenes y la muerte de Dolores, de la ejecución de Massier, de tantas convulsiones y catástrofes, sentía la necesidad absoluta de conservar el dominio completo de sí mismo. Si no, su razón naufragaría.

—¡Idiota! —dijo, mostrando el puño a Pierre Leduc—. Tres veces idiota. ¿Acaso no podías esperar? Antes de diez años habríamos recuperado Alsacia y Lorena.

Para distraer su atención buscaba palabras que decir, actitudes, pero las ideas se le escapaban y su cerebro parecía a punto de explotar.

—¡Ah, no, no! —exclamó—. Nada de eso. ¡Lupin loco, también él! ¡Ah, no, pequeñuelo! Métete una bala en la cabeza, si eso te divierte. Haz lo que quieras, en el fondo no veo otro desenlace posible. Pero Lupin chiflado y llevado en el coche de los locos, eso no. ¡Que tu fin sea triunfal, señor, triunfal!

Caminaba golpeando el piso con el pie y levantando las rodillas en alto, como hacen ciertos actores para simular la locura. Y profería:

—Fanfarronea, amigo mío, fanfarronea. Los dioses te contemplan. ¡La nariz erguida! ¡Infla el pecho, maldita sea! ¿Todo se derrumba a tu alrededor? ¿Qué te importa? Es un desastre, nada va bien, un reino al agua, pierdo Europa, el universo se evapora. ¿Y qué? ¡Así que ríete! Sé Lupin o te hundes en el lago. ¡Vamos, ríete! Más fuerte que eso. Ya era hora ¡Dios, es gracioso! ¡Dolores, un cigarro, mujer!

Se agachó con una sonrisa burlona, tocó el rostro de la muerta, vaciló un instante y cayó sin conocimiento.

Al cabo de una hora se levantó. La crisis había terminado. Dueño de sí, con los nervios relajados, serio y taciturno, examinó la situación.

Sentía que había llegado el momento de las decisiones irrevocables. Su existencia había quedado completamente destrozada, en unos días y bajo el asalto de catástrofes imprevistas, corriendo unas contra otras en el minuto mismo en que creía su triunfo asegurado. ¿Qué iba a hacer? ¿Recomenzar? ¿Reconstruir? No tenía el valor. Entonces, ¿qué?

Toda la mañana erró por el parque, caminata trágica durante la cual la situación se le apareció hasta en sus más mínimos detalles y donde, poco a poco, la idea de la muerte se le imponía con rigor inflexible.

Pero, ya sea que se matara o que viviera, había primero una serie de actos precisos que le era necesario realizar. Y esos actos, con su cerebro de repente serenado, los veía claramente.

En el reloj de la iglesia sonó el *ángelus* del mediodía.

—Manos a la obra —dijo—. Y sin desfallecer.

Regresó al chalet, muy calmado, entró en su habitación, se subió a una banqueta y cortó la cuerda que sostenía el cadáver de Pierre Leduc.

—Pobre diablo —dijo—, tenías que acabar así, con una corbata de cuerda al cuello. ¡Ay! Tú no estabas hecho para la grandeza. Debí haber previsto esto y no ligar mi suerte a la de un escritor de rimas.

Registró la ropa del joven y no encontró nada. Pero, recordando la segunda cartera de Dolores, la tomó del bolsillo donde él la había dejado. Hizo un movimiento de sorpresa. La cartera contenía un paquete de cartas cuyo aspecto le era familiar y en las que reconoció enseguida las diversas letras.

—¡Las cartas del emperador! —murmuró Lupin—. Las cartas al viejo canciller. Todo el paquete que recuperé yo mismo en casa de Léon Massier y que le entregué al conde Waldemar. ¿Cómo es posible? ¿Es que ella se las quitó a su vez a ese cretino de Waldemar?

De repente, dándose una palmada en la frente, exclamó:

—No, el cretino soy yo. ¡Estas son las verdaderas cartas! Ella las guardó para chantajear al emperador en el momento oportuno. Y las otras, las que yo entregué, son falsas, copiadas por ella evidentemente o por un cómplice, y puestas a mi alcance. ¡Y yo caí como un tonto! Maldita sea, cuando las mujeres se involucran.

No había más que un portarretratos en la cartera, con una fotografía. La observó. Era la suya.

—Dos fotografías: Massier y yo, quienes más amaba, sin duda, porque ella me amaba. Amor extraño, hecho de admiración por el aventurero que soy, por el hombre que demolió por sí solo a los siete bandidos a quienes ella había encargado liquidarme. ¡Amor extraño! ¡Lo sentí palpitar en ella el otro día, cuando le hablé de mi gran sueño de omnipotencia! Ahí, realmente, tuvo la idea de sacrificar a Pierre Leduc y someter su sueño al mío. Si no hubiera sido por el incidente del espejo, estaría controlada. Pero tuvo miedo. Toqué la verdad. Para salvarse le era necesaria mi muerte, y así lo decidió.

Varias veces repitió pensativo:

—Sin embargo, me amaba. Sí, me amaba, como otras me han amado. Otras a quienes también les traje desgracia. ¡Ay!, todas las que me aman mueren. Y esta murió también, estrangulada por mí. ¿Para qué vivir?

En voz baja repitió:

—¿Para qué vivir? ¿No me valdría más unirme a todas esas mujeres que me han amado y que han muerto por su amor: Sonia, Raymonde, Clotilde Destange, miss Clarke...?

Tendió los dos cadáveres uno junto a otro, los cubrió con el mismo velo, se sentó a una mesa y escribió:

He triunfado en todo, pero estoy vencido. He llegado al objetivo
y caigo. El destino es más fuerte que yo. Y aquella a quien amaba
ya no existe. Yo muero también.

Arsène Lupin

Puso la carta en un sobre y lo metió dentro de un frasco que
arrojó por la ventana sobre la tierra blanda del macizo de
flores.

Después sobre el piso hizo un gran montón con periódicos viejos, paja y astillas que fue a buscar a la cocina. Encima
echó gasolina. Después encendió una vela, que arrojó entre
las astillas.

Enseguida corrió una llama y otras llamas brotaron rápidas,
ardientes y crepitantes.

—Vamos —dijo Lupin—. El chalet es de madera y arderá
como un cerillo. Cuando lleguen de la aldea, mientras fuerzan
las rejas y corren hasta este extremo del parque, ¡será demasiado tarde! Encontrarán cenizas y dos cadáveres calcinados y,
cerca de allí, una botella con mi carta de adiós. Adiós, Lupin.
Gente, buena gente, que se me entierre sin ceremonia. El ataúd
de los pobres. Ni flores ni coronas. Una humilde cruz y este
epitafio:

AQUÍ YACE ARSÈNE LUPIN, AVENTURERO

Llegó al muro del recinto, lo escaló, volteó y vio las llamas que
ascendían al cielo.

Regresó a pie a París, errante, con desesperación en el corazón, agobiado por el destino.

Y los campesinos se sorprendían al ver a aquel viajero que
pagaba sus comidas de treinta centavos con billetes de banco.

Tres salteadores de caminos lo atacaron una noche en pleno bosque. A bastonazos los dejó casi muertos en el lugar.

Pasó ocho días en una hostería. No sabía a dónde ir. ¿Qué hacer? ¿A qué aferrarse? La vida le aburría. No quería vivir más. No quería vivir más.

—¿Eres tú?

Mme. Ernemont, en la pequeña estancia de la casa de Garches, se mantuvo de pie, temblorosa, desconcertada, lívida y con los grandes ojos abiertos ante la aparición que se erguía ante ella.

¡Lupin! Lupin estaba allí.

—Tú —dijo ella—. Tú... pero los periódicos han relatado...

Él sonrió tristemente.

—Sí, estoy muerto.

—¿Y bien...? —dijo ella ingenuamente.

—Tú quieres decir que, si estoy muerto, nada tengo que hacer aquí. Créeme que tengo razones serias, Victoire.

—¡Cómo has cambiado! —dijo ella con compasión.

—Unas ligeras decepciones. Pero se acabó. Escucha, ¿está Geneviève?

Ella saltó sobre él, súbitamente furiosa:

—¡Vas a dejarla!, ¿verdad? ¡Geneviève! ¡Volver a verla, recuperarla! ¡Ah!, pero esta vez ya no la dejo ir. Regresó aquí cansada, pálida, inquieta, y apenas si está recobrando sus bellos colores. Tú la dejarás en paz, te lo juro.

Él apoyó su mano firme sobre el hombro de la anciana.

—Escúchame, solo quiero *hablar con ella*.

—No.

—Hablaré con ella.

—No.

Él la empujó. Ella se enderezó y, con los brazos cruzados, espetó:

—Sobre mi cadáver. La felicidad de la pequeña está aquí, no en otra parte. Con todas tus ideas de dinero y de nobleza la harías infeliz. Y eso no. ¿Quién es ese Pierre Leduc? ¿Y tú, Veldenz? ¡Geneviève, duquesa! Estás loco. Esa no es su vida. En el fondo, verás, no has pensado más que en ti mismo. Es poder y tu fortuna lo que querías. La pequeña no te importa. ¿Te has preguntado siquiera si ella amaba a ese bribón del duque? ¿Te has preguntado siquiera si ella amaba a alguien? No, solo has perseguido tu objetivo, eso es todo, a riesgo de herir a Geneviève y de hacerla infeliz para el resto de su vida. ¡Pues no! No quiero. Lo que ella necesita es una existencia sencilla y honesta, y eso tú no puedes dárselo. Entonces, ¿qué vienes a hacer aquí?

Él pareció desconcertado, pero igual, en voz baja y con una gran tristeza, murmuró:

—Es imposible que yo no la vuelva a ver jamás. Es imposible que yo no vuelva a hablar con ella...

—Ella te cree muerto.

—¡Eso es lo que no quiero! Quiero que sepa la verdad. Es una tortura pensar que ella piensa en mí como en alguien que ya no existe. Tráela, Victoire.

Hablaba con una voz tan suave, tan desolada, que ella se enterneció y le preguntó:

—Escucha, ante todo, quiero saber. Todo dependerá de lo que tengas que decir... Sé franco, hijo. ¿Qué quieres de Geneviève?

Él pronunció gravemente:

—Quiero decirle esto: «Geneviève, le prometí a tu madre darte fortuna, poder y una vida de cuento de hadas. Y ese día, logrado mi propósito, yo te hubiera pedido un pequeño rincón no muy lejos de ti. Feliz y rica, habrías olvidado, sí, estoy seguro, habrías olvidado lo que soy o, más bien, lo que era. Por desgracia, el destino es más fuerte que yo. No te aporto ni fortuna ni poder. No te aporto nada. Al contrario, soy yo quien necesita de ti. ¿Geneviève, puedes ayudarme?».

—¿A qué? —dijo la anciana, ansiosa.

—A vivir...

—¡Oh! —dijo ella—. Has llegado a eso, pobre hijo mío.

—Sí —respondió él simplemente, sin fingido dolor—. Sí, a eso. Acaban de morir tres seres, a quienes yo maté, a quienes yo maté con mis manos. El peso del recuerdo es demasiado. Estoy solo. Por primera vez en mi existencia necesito ayuda. Tengo derecho de pedirle esa ayuda a Geneviève. Y su deber es concedérmela. Si no...

—¿Si no, qué?

—Todo habrá acabado.

La anciana calló, pálida y temblorosa.

Redescubrió todo su afecto por aquel a quien antaño había alimentado con su leche, y que seguía siendo, aún y a pesar de todo, su «pequeño».

—¿Y qué harás de ella? —preguntó.

—Viajaremos. Contigo, si quieres venir.

—Pero olvidas... olvidas...

—¿Qué?

—Tu pasado.

—Ella lo olvidará también. Ella comprenderá que ya no soy eso y que ya no puedo serlo.

—Entonces, verdaderamente, lo que quieres es que ella comparta tu vida, la vida de Lupin.

—La vida del hombre que seré, del hombre que trabajará para que ella sea feliz, para que se case según sus gustos. Nos instalaremos en cualquier rincón del mundo. Lucharemos juntos, el uno junto al otro. Sabes de lo que soy capaz.

Ella repitió lentamente, con los ojos fijos en él:

—¿Entonces, verdaderamente, quieres que ella comparta la vida de Lupin?

Él titubeó un segundo, solo un segundo, y afirmó claramente:

—Sí, sí, lo quiero, es mi derecho.

—¿Tú quieres que ella abandone a todos los niños a los cuales ella se ha dedicado, toda esa existencia de trabajo que ella ama y que le es necesaria?

—Sí, lo quiero, es su deber.

La anciana abrió la ventana y dijo:

—En ese caso, llámala.

Geneviève estaba en el jardín, sentada en un banco. Cuatro niñitas se agrupaban en torno a ella. Otras jugaban y corrían.

Él la vio de frente. Vio sus ojos sonrientes y graves. Con una flor en la mano desprendía uno a uno los pétalos y daba explicaciones a las niñas atentas y curiosas. Después las interrogó. Y cada respuesta valía a la alumna la recompensa de un beso.

Lupin la observó largo rato con una emoción y una angustia infinitas. Toda una mezcla de sentimientos ignorados se agitaba en él. Sentía ansias de apretar a aquella hermosa joven contra él, besarla y hablarle de su respeto y afecto. Recordaba a la madre, muerta en la pequeña aldea de Aspremont, muerta de pena.

—Llámala, pues —repitió Victoire.

Él se dejó caer sobre un sillón, balbuciendo:

—No puedo, no puedo. No tengo derecho. Es imposible. Que me crea muerto... Es mejor así.

Lloró con los hombros temblando por los sollozos, abrumado por una desesperación inmensa, henchido de una ternura que brotaba en él, como esas flores tardías que mueren el mismo día que se abren.

La anciana se arrodilló y con voz temblorosa dijo:

—Es tu hija, ¿verdad?

—Sí, es mi hija.

—¡Oh, pobre hijo mío! —dijo llorando—. Pobre hijo mío...

Epílogo

El suicidio

UNO

—¡A caballo! —dijo el emperador—. O más bien, en burro —añadió al ver el magnífico burro que le traían—. Waldemar, ¿estás seguro de que este animal es dócil?

—Respondo de él como de mí mismo, señor —afirmó el conde.

—En ese caso, estoy tranquilo —dijo el emperador riendo.

Y volviéndose hacia su escolta de oficiales, ordenó:

—Señores, a caballo.

Había allí, en la plaza principal del pueblo de Capri, una muchedumbre contenida por los carabineros italianos y en el medio, todos los burros de la región, requisados para la visita del emperador a la maravillosa isla.

—Waldemar —dijo el emperador, poniéndose a la cabeza de la caravana—, ¿por dónde comenzamos?

—Por el pueblo de Tiberio, señor.

Pasaron bajo un arco y luego siguieron un camino mal pavimentado que se elevaba poco a poco sobre el promontorio oriental de la isla.

El emperador reía y se divertía, estaba de buen humor y bromeaba con el colosal conde de Waldemar, cuyos pies tocaban el suelo a ambos lados del desafortunado burro al que aplastaba.

Al cabo de tres cuartos de hora llegaron primero al Salto de Tiberio, roca prodigiosa, de trescientos metros de altura, desde donde el tirano arrojaba al mar a sus víctimas.

El emperador desmontó, se acercó a la balaustrada y echó una mirada al abismo. Luego quiso seguir a pie hasta las ruinas del pueblo de Tiberio, donde se paseó por las salas y los pasillos derruidos.

Se detuvo un instante.

El paisaje era magnífico sobre la cima de Sorrento y toda la isla de Capri. El azul ardiente del mar dibujaba la curvatura admirable del golfo, y los aromas frescos se mezclaban con el perfume de los limoneros.

—Señor —dijo Waldemar—, es aún más hermoso desde la pequeña capilla del ermitaño que está en la cumbre.

—Vamos.

El propio ermitaño descendía a lo largo de un sendero abrupto. Era un anciano de paso vacilante y espalda encorvada. Llevaba un registro donde los viajeros inscribían de ordinario sus impresiones.

Colocó ese registro sobre un banco de piedra.

—¿Qué debo escribir? —dijo el emperador.

—Su nombre, señor, y la fecha de su paso por aquí. Y lo que le plazca.

El emperador tomó la pluma que le tendía el ermitaño y se inclinó.

—Cuidado, señor, cuidado.

Gritos de pavor, un gran estrépito del lado de la capilla. El emperador volteó. Vio una roca enorme que rodaba en tromba por encima de él.

En ese mismo momento, el ermitaño lo sujetó y lo aventó a diez metros de distancia.

La roca vino a chocar contra el banco de piedra ante el cual se encontraba el emperador un cuarto de segundo antes, y rompió el banco en pedazos. Sin la intervención del ermitaño, el emperador hubiera estado perdido.

Él le tendió la mano y le dijo simplemente:

—Gracias.

Los oficiales se agolparon a su alrededor.

—No fue nada, señores. El asunto quedó en un susto. Un buen susto, lo confieso. Sin la intervención de este hombre valiente...

Y acercándose al ermitaño:

—¿Su nombre, amigo mío?

El ermitaño había conservado su capucha. La apartó un poco, y muy bajo, de manera que no lo oyera más que su interlocutor, dijo:

—El nombre de un hombre que se siente muy feliz de que usted le haya estrechado la mano, señor.

El emperador se sobresaltó y retrocedió. Luego, dominándose inmediatamente:

—Señores —dijo a los oficiales—, subid hasta la capilla. Otras rocas podrían desprenderse, y quizá sería prudente prevenir a las autoridades de la región. Después vendréis a reuniros conmigo. Tengo que agradecer a este valiente hombre.

Se alejó, acompañado del ermitaño. Y cuando estuvieron a solas, le dijo:

—¡Usted! ¿Por qué?

—Tenía que hablar con usted, señor. Una petición de audiencia. ¿Me la hubiera concedido? He preferido actuar directamente y pensé en hacerme reconocer mientras su majestad firmaba el registro... cuando ese estúpido accidente...

—En resumen... —dijo el emperador.

—Las cartas que Waldemar le entregó de mi parte, señor, esas cartas son falsas.

El emperador hizo un gesto de viva contrariedad.

—¿Falsas? ¿Está usted seguro?

—Absolutamente, señor.

—Sin embargo, aquel Malreich...

—El culpable no era Malreich.

—¿Quién entonces?

—Pido a su majestad considerar mi respuesta como un secreto. La verdadera culpable era Mme. Kesselbach.

—¿La propia esposa de Kesselbach?

—Sí, señor. Ahora ya está muerta. Fue ella quien hizo o mandó hacer las copias que están en su poder. Ella guardaba las cartas verdaderas.

—Pero ¿dónde están? —exclamó el emperador—. ¡Eso es lo importante! ¡Es preciso encontrarlas a toda costa! Doy un valor considerable a estas cartas.

—Aquí están, señor.

El emperador tuvo un momento de estupefacción. Miró a Lupin, miró las cartas, puso los ojos de nuevo sobre Lupin, luego guardó el paquete sin examinarlo.

Evidentemente, aquel hombre, una vez más, lo desconcertaba. ¿De dónde venía, entonces, aquel bandido que, poseyendo un arma tan terrible, la entregaba de esa manera, generosamente, sin condiciones? ¡Le hubiera sido tan sencillo guardar las cartas y usarlas a su capricho! No, él había prometido; cumplía su palabra.

El emperador pensó en todas las cosas sorprendentes que aquel hombre había logrado.

—Los periódicos han dado la noticia de su muerte —le dijo.

—Sí, señor. En realidad, estoy muerto. Y la justicia de mi país, feliz de deshacerse de mí, ha hecho enterrar los restos calcinados e irreconocibles de mi cadáver.

—Entonces, ¿está libre?

—Como lo he estado siempre.

—¿Ya nada le ata a nada?

—Nada.

—En ese caso...

El emperador dudó, luego, afirmó:

—En este caso, entre a mi servicio. Le ofrezco el mando de mi policía personal. Será amo absoluto. Tendrá todos los poderes, incluso sobre la otra policía.

—No, señor.

—¿Por qué?

—Soy francés.

Hubo un silencio. La respuesta desagradó al emperador. Él dijo:

—Sin embargo, puesto que nada lo ata...

—Eso no puede desatarse, señor.

Luego, añadió, riendo:

—Estoy muerto como hombre, pero vivo como francés. Estoy seguro de que su majestad comprenderá.

El emperador dio unos pasos a derecha e izquierda. Y después retomó:

—Sin embargo, me gustaría absolverme. Supe que las negociaciones por el Gran Ducado de Veldenz se habían roto.

—Sí, señor. Pierre Leduc era un impostor. Está muerto.

—¿Qué puedo hacer por usted? Usted me ha entregado estas cartas, me ha salvado la vida. ¿Qué puedo hacer?

—Nada, señor.

—¿Se empeña en que yo quede como su deudor?

—Sí, señor.

El emperador miró una última vez a aquel hombre extraño que se erguía ante él como un igual.

Luego, inclinó ligeramente la cabeza y, sin una palabra más, se alejó.

—¡Eh, su majestad! Te acorralé —murmuró Lupin, siguiéndolo con los ojos. Luego, agregó, filosófico—: Es cierto, la venganza es escasa, y hubiera preferido recuperar Alsacia y Lorena. Pero, de todos modos...

Se interrumpió y golpeó el suelo con un pie.

—¡Condenado Lupin! Serás siempre el mismo, hasta el último minuto de tu existencia, odioso y cínico. ¡Seriedad, maldita sea! ¡Ha llegado el momento, o nunca, de ponerse serios!

Subió por el sendero que conducía a la capilla y se detuvo ante el lugar de donde se había desprendido la roca.

Se echó a reír.

—La obra estuvo bien hecha y los oficiales de su majestad no vieron nada. ¿Cómo hubieran podido adivinar que fui yo mismo quien excavó esta roca y que en el último segundo di el golpe de pico definitivo, y que dicha roca rodó siguiendo el camino que yo había trazado entre ella y un emperador al cual le tenía que salvar la vida?

Suspiró:

—¡Ah, Lupin, qué complicado eres! ¡Y todo porque habías jurado que esta majestad te daría la mano! ¿Qué has sacado con todo ello? «La mano de un emperador no tiene más de cinco dedos», como dijo Víctor Hugo.

Entró en la capilla y abrió con una llave especial la puerta baja de una pequeña sacristía. Sobre un montón de paja yacía un hombre con las manos y los pies atados y una mordaza en la boca.

—¡Y bien!, ermitaño —dijo Lupin—. No duró demasiado, ¿no es así? Veinticuatro horas, a lo sumo. ¡Pero qué bien he trabajado por cuenta tuya! Imagínate que acabas de salvarle la vida al emperador. Sí, mi viejo. Eres el hombre que salvó la vida del emperador. Esa es la fortuna. Van a construirte una catedral y levantarte una estatua. Toma tus hábitos.

Aturdido, casi muerto de hambre, el ermitaño se levantó titubeante.

Lupin se vistió rápidamente y le dijo:

—Adiós, digno anciano. Perdóname por todas estas pequeñas molestias. Y reza por mí. Voy a necesitarlo. La eternidad me
abre sus puertas de par en par. ¡Adiós!

Permaneció unos segundos en el umbral de la capilla. Era
el instante solemne en que se vacila, a pesar de todo, ante el
terrible desenlace. Pero su resolución era irrevocable, y, sin reflexionar más, se lanzó corriendo pendiente abajo, cruzó la pla-
taforma del Salto de Tiberio y se subió a la balaustrada.

—Lupin, te doy tres minutos para dramatizar. ¿Para qué?,
dirás tú, no hay nadie. Y tú ¿acaso no estás aquí? ¿No puedes
representar para ti mismo tu última comedia? ¡Caray!, el espectáculo vale la pena. Arsène Lupin, obra cómico-heroica en
ochenta actos. El telón se alza sobre la escena de la muerte y el
papel lo representa Lupin en persona. ¡Bravo, Lupin! A palpar
mi corazón, señoras y señores. Setenta pulsaciones por minuto.
Y la sonrisa en los labios. ¡Bravo! ¡Lupin! ¡Ah, el bromista, qué
estilo tiene! ¡Y bien!, salta, marqués. ¿Estás listo? Es la aventura
suprema, amigo mío. ¿Te arrepientes de algo? ¿Arrepentirme?
¡Y por qué, Dios mío! Mi vida fue magnífica. ¡Ah, Dolores, si
no hubieras venido, monstruo abominable! Y tú, Malreich,
¿por qué no hablaste? Y tú, Pierre Leduc. ¡Heme aquí! Mis tres
muertos, iré a unirme a ellos. ¡Oh, mi Geneviève, mi querida
Geneviève! ¡Ah, eso! Pero ¿no se ha acabado eso, viejo payaso?
¡He aquí! Acudo.

Subió la otra pierna en la balaustrada, miró al fondo del
abismo el mar inmóvil y sombrío, y alzando la cabeza, dijo:

—Adiós, naturaleza inmortal y bendita. *¡Moriturus te salu-
tat!* ¡Adiós, todo cuanto es bello! ¡Adiós, esplendor de las cosas!
¡Adiós, vida!

Lanzó besos al espacio, al cielo, al sol... y, cruzando los brazos, saltó.

II

Sidi-bel-Abbés, cuartel de la Legión Extranjera. Cerca de la sala de informes, una pequeña habitación de techo bajo donde un ayudante fuma y lee su diario.

A su lado, cerca de la ventana abierta sobre el patio, dos suboficiales enormes parlotean un francés ronco, mezclado de expresiones germánicas.

La puerta se abre. Alguien entra. Un hombre delgado de talla media, elegantemente vestido.

El teniente se levanta de mal humor contra el intruso y masculla:

—¡Oh!, ¿qué demonios hace el centinela? Y usted, señor, ¿qué quiere?

—Servir.

Habló con claridad, autoritario. Los dos suboficiales rieron burlones. El hombre los miró de reojo.

—En dos palabras, ¿quiere alistarse en la Legión? —preguntó el teniente.

—Sí, eso quiero, pero con una condición.

—Una condición. ¡Caray! ¿Cuál es?

—La de no pudrirme aquí. Hay una compañía que parte para Marruecos. Estaré en ella.

Uno de los suboficiales bromeó de nuevo y se le oyó decir:

—Los moros se las van a ver negras. El señor se alista...

—¡Silencio! —gritó el hombre—. No me gusta que se burlen de mí.

El tono era seco y autoritario.

El suboficial, un gigante con aspecto de bruto, respondió:

—¡Eh, recluta!, tendrás que hablarme de otro modo, si no...

—¿Si no...?

—Sabrás quién soy.

El hombre se le acercó, lo agarró por la cintura, lo balanceó sobre el borde de la ventana y lo lanzó al patio. Y luego le dijo al otro:

—Y ahora tú. Lárgate.

El otro se marchó.

El hombre se volteó enseguida hacia el teniente y le dijo:

—Mi teniente, le ruego avisar al mayor que don Louis Perenna, grande de España y francés de corazón, desea alistarse al servicio de la Legión Extranjera. Vaya, amigo.

El otro no se movió, confundido.

—Vaya, amigo, de inmediato. No tengo tiempo que perder.

El teniente se levantó, observó con mirada desconcertada a aquel sorprendente personaje y, con la mayor docilidad del mundo, salió.

Entonces Lupin sacó un cigarro, lo encendió y en voz alta, mientras se sentaba en el lugar del teniente, dijo:

—Puesto que el mar no me ha querido, o más bien, puesto que en el último momento yo no he querido al mar, vamos a ver si las balas de los marroquíes son más compasivas. Y además, a pesar de todo, será más elegante. ¡Enfrenta al enemigo, Lupin, por Francia!

FIN

Índice